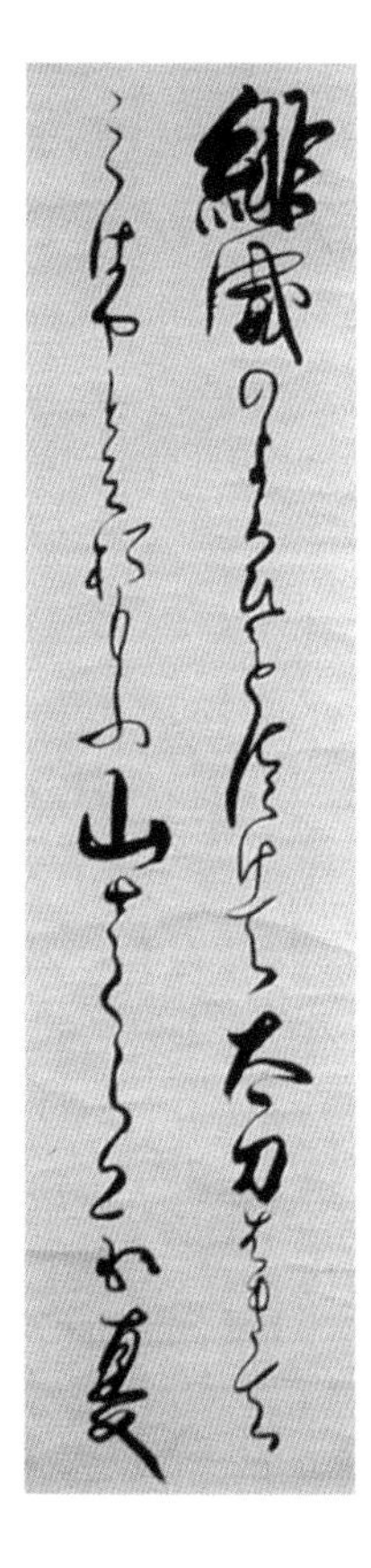

緋縅のよろひをつけて太刀はきて
みばやとぞおもふ山ざくら花

萩寺にてよめる歌どもの中に

萩寺の萩おもしろし露の身の
おくつきどころこことさだめむ

萩之家歌集

落合直文

現代短歌社

目次

明治十四年秋、もの学びせし伊勢を出でたちて、
都にのぼりける折の村雨日記の中より、

今よりは隅田川原の月を見て神路の山の秋をしのばむ
（太神宮に詣づる道にて）

朝夕に汲みし五十鈴の川水をいつかへりきてまたむすぶらむ
（同）

君にまたあひの山てふ名のみこそわかれて後のたのみなりけれ
（友にわかるとて）

里の名になほ残りけりいにしへのいつきの宮のあとは知らねど
（斎宮駅にて）

都人とはばかたらむをとめ子がさすや櫛田の川のけしきを
（櫛田橋にて）

三日月をけふ見そめけり望の夜の月はいづこの里に眺めむ
（松阪にやどりて）

汲み知らばふかきこころも見えぬべし山室山の谷の下水
（山室山にて）

なかなかにめづらしとこそ見ますらめ山路のしめぢ谷のしば栗
（同）

春は花秋はもみぢのをりをりにながめ尽きせぬ山室の山
（同）

いにしへをしのぶなみだの袖の上にいやふりまさる秋のむら雨
（同）

もみぢ葉のにほふあたりにわけ入らむ山室山はよしふかくとも
（同）

袖ぬらすこのわかれ路のこころをば空にも知るや秋のむら雨
（山室山にて人々にわかれける折）

いそがむと乗りは乗れども小車のはやきを今日はうらみこそすれ
（かくて、人々にわかれてより）

苔の下にいまもかなしと聴きまさむ音ものすごき伊勢の浦波
（津なる結城宗広朝臣の墓にて）

旅なれぬしるしなるらむなにとなく衣手さむし今朝の秋風

後はいさかかるけしきを見る時は旅を憂しともおもはざりけり

おのが啼く時をも待たで秋の日を何に雲雀のこゑたてつらむ

おのづから神代の手ぶり見えにけり神楽つかふる玉垣の里
（八垣神社にて）

来しかたにのこる煙を見てもなほすずろかなしきこの船路かな
（四日市より船にのりて）

かくばかり身をもおもはで世をいのるこころ熱田の神や知るらむ
（熱田の宮に詣でて）

琴の音のうれしくもあるか家にありて聞きにし宵のここちのみして
（名古屋なる旅宿にて）

父母にきかせてしがな鈴虫の鳴海の野辺の夕ぐれのこゑ
（鳴海にて）

千年まできこえけるかな桜田へ啼きてわたりしあしたづのこゑ

見もやらでよそにのみわれ過ぎてけり音きき山の音にききつつ

たづねくる人のなみだかしら露のおきそふ苔の下のいしぶみ
（今川義元の墓にて）

かきみればむかしのあとも残りけり苔にうづみし野辺の石ぶみ
（同）

山がらす啼きて塒にかへるなり今宵いづらにわれはやどらむ

旅人をやどれとまねく小薄のほのかにきこゆ夕ぐれの鐘

ふるさとをしのびこそやれ秋風に露もちりふの里にやどりて
（ちりふなる山吹屋にやどりて）

秋風にみだれはてけり色にいでし春やむかしの山吹のやど
（同）

あはれなるものとはかねて知れれどもさらに露けき草まくらかな
（同）

今日もまたよそに過ぎけり八橋（やつはし）の名のみばかりを聞きわたりつつ
（岡崎に入りて）

家におへる鯉てふ名をばたのみにて君やめでたき瀬をのぼるらむ
（赤阪なる鯉屋にて）

夕ぎりに見えわかねども松風の音するかたや湊なるらむ
（御所より浜松にわたる汽船の中にて）

てる月のかげも乗るなりころあひのとも綱むすぶ舟のたよりに
（曳船にのりて）

曳く人に舟をまかせてゐながらに堤づたひの虫をきくかな
（同）

こころあらば綱手ゆるめよ松虫の啼ける堤に今かかりけり
（同）

照る月のかげもさびしく見えにけり風ふきすさぶ浜松の里

もののふのむかしを今にしのぶらむ引馬（ひくま）の野辺にくつわ虫なく

遠方（をちかた）にけふ見えそめぬふじの山ふもとのあたりいつか過ぐらむ

うまや路の並木の松をつたひきて袂にかかる秋のむら雨

松風の音ばかりだにさびしきを雨もふりきぬ小夜の中山

菊のさく山路にこよひやどりなむおく露のまに千代もへぬべく

うちむれてかへる樵夫にこと問はむ明日も越ゆべき山はありやと

ゆふ風にひとつ落ちくる松かさの音さへさびし小夜の中山

寝もやらでわれはしのばむつれづれと雨さへ今宵ふるさとの空
（金谷にやどりて）

いにしへのためしを今もきく川の深きこころを汲みわたるかな
（菊川にて）

朝霧にみぎはも見えず大井川舟よぶ人のこゑばかりして

袖ぬれぬ人に逢ひけりうつの山ふもとばかりやしぐれしつらむ

いかにしてゆふべは越えむ昼もなほ木の下くらきうつの山道

たきぎこる賤が少女もうたふらむ山の奥にも道のある世と

波風のをさまる御代に生れあひてわたるもうれしうらやすの橋

海士の子は旅のあはれを知るやいかに清見が崎の秋の夕ぐれ
（興津にやどりて）

おくれゐて聞きこそわぶれ都へといそぐ御空のはつ雁のこゑ
（同）

さらぬだに寝られぬものを白波のよするおきつに何やどりけむ
（同）

もしほやく蜑少女子と身をかへて清見が崎に住まましものを

（くら沢なる望嶽亭にて）

たちかへりまたもきて見む清見潟きよきなぎさによする白波

（同）

ふじ川やわたしの舟のいでぬまに乗りおくれじといそぐ旅人

水鳥のむかしはいかに富士川や今なほさびし岸の秋かぜ

富士の嶺（ね）にはやしら雪はつもるらしやや袖さむし田子の浦風

さ夜ふけてわれは見にきぬひさかたの月の御船の浮島が原

この里に住みても見ばや富士の嶺（ね）のたかきをおのが心にはして

（沼津を過ぐる時）

鐘の音のひびきは空に消えゆけどさびしさのこる秋の夕ぐれ

思ひきやうきことしげき旅寝にもかかるうれしき宵のありとは
（三島神社の宮司の許より歌会に招かれける夜）

おもふことかきながしやる水茎も身のうき草はさそはざりけり
（この夜の兼題寄筆述懐といふことを）

筏士もこころやすくやくだすらむ月のひかりのさすにまかせて
（当座は月前筏といふ題なりければ）

たく柴をよそにもとめてかへりけり軒端の山の紅葉せしより
（なほ山家秋といふ題をえて）

夢だにもむすばざりけり旅ごろも裾野の原に風すさぶころ
（宿にかへりて）

あはれともたれか三島の里にきてひとりつれなくものおもふかな
（同）

いひ知らずかなしくおもふ秋の夜にこころなく歌ふ人もありけり
（同）

ふるさとにかはらざりけり箱根山あくるあしたの鈴虫のこゑ
（暁はやく、宿をいでたちて）

たちつづく松の下道くらからむきつね啼くなり山なかの里
（山中の宿にて）

かし鳥の梢にあさる音さへもたまたま聞けばさびしかりけり

尾花おふる道ぞさびしきふく風に旅ゆく人も見えがくれして

たまくしげはこねの海をかがみにてすがたをよそふ富士の山姫

外国になしとは知れどありやともほこりて見むか富士の神山

しら雲に見えずもなりぬさきだちし人はいづこのあたり行くらむ

はこね山関はあとなくなりぬれどなみだゆるさぬ秋の夕ぐれ

みやしろはいづこなるらむ苔むしし鳥居は道にちかく見ゆれど

（箱根権現を）

はしりゆく雲さへしげしはこね山ふもとのあたり雨やふるらむ

腰かけむ岩がねもがなくりかへしながめてゆかむ滝のしら糸

くさまくらむすばむかたも白雲のたちかくしたるこの山路かな

いかにしてわれは来にけむはこね山みねにたちそふ白雲(しらくも)のあたり

見るままになぐさみぬべき海山も旅としおもへばかなしかりけり

ひとつだに家にもがなとおもふかな高嶺のいはほ谷の松が枝

（湯本なる福住にやどりて）

かぞふれば今宵ぞ秋の最中（もなか）なるいく日へにけむあづま路の旅

（同）

秋の夜のふけゆくままに岩はしる水のひびきの空に澄みぬる

（同）

さ夜ふかきここちこそすれはこね山あけての後の杉のむら立

たまくしげ二子の山やあけぬらむはこねの嶺の景色おもしろ

みねの松見えみ隠れみあけわたるはこねの山の霧のむらむら

里ちかくなりにけらしなはこね山杉の木の間にけぶりたつ見ゆ

うき雲ははこねの山にかかりけり今かしぐれむ小田原の里

荒れはてし大城（おほき）のあとをたづぬれば松の梢に風すさぶなり

（小田原城のあとにて）

少女子がもてはやすてふまりこ川名もなつかしく聞きわたるかな

春ならば鶯のぬふ笠をだにかりて過ぎなむ梅沢の里

（梅沢にかかるころ、小雨ふりきければ）

鴫立ちしそのいにしへのあはれさのなごり身にしむ秋の夕ぐれ

（鴫立沢にて）

ふるさとをたちいでしより旅衣なれてもさびし秋のゆふ風

（藤沢にかかる道にて）

追分の尾花がくれの石ぶみを見えみ見えずみ秋風ぞふく

（藤沢より鎌倉にかよふ道にて）

いづかたにふしどさだめむうちまねく尾花の袖のおほくもあるかな

いかにせむ道はまどひぬ日はくれぬ雨もふりきぬ風も吹ききぬ

聞くにだに袖はぬれけり村雨のふりよわりたる鈴虫のこゑ

（八幡宮のもとなる旅宿にて）

とふ人のなみだなるらむ鎌倉の里さびしくも秋雨ぞふる

（同）

くりかへし遠きむかしをしのぶらむみだれて見ゆる青柳の糸

（若宮のほとりにて）

さだめなき世のありさまをはちす葉に知らせてもふく秋の風かな

（源平池にて）

おのづから落つるなみだにしぼりけり袖が浦回（うらわ）の秋の夕ぐれ

（袖が浦にて）

千木（ちぎ）の上になく神鳩（かみばと）のこゑさむし八幡（やはた）の宮の秋の夕ぐれ

（八幡宮に詣でて）

玉垂（たまだれ）の小簾（をす）ふきあげし風なくば吉野の花は散らざらましを

（鎌倉宮に捧ぐるとて、南朝の忠臣を歌へる中に、藤原師賢卿を）

笠置山松のしづくにぬれしよりつひにかわかぬ君が袖かな

（藤原藤房卿を）

ふく風を常陸の山にせきとめて君や吉野の花まもりけむ

（准后親房卿を）

みちのくのあたらわか木の花ざくら阿部野の風の何さそひけむ

（北畠顕家卿を）

いかに染めしこころ千ぐさの花ならむふく北風になびくともなき

（千種忠顕卿を）

色香をばわか木の花にうつしおきておのれちりゆく桜井の里
（楠正成朝臣を）

七たびといひし言葉は一すぢに君をおもふのきはみなりけり
（楠正季朝臣を）

桜井の里のなごりの色よ香よやがて吉野の花とさきにけり
（楠正行朝臣を）

しばしとて菊の下水にごりけむ汲み知る人に末はまかせて
（楠正儀朝臣を）

はかなくも越路の雪と消えにけり吉野の春をおもふばかりに
（新田義貞朝臣を）

もののふの名はながれけりあづさ弓矢口の波に身はしづみても
（新田義興朝臣を）

さくら木にこころもふかく染めてけり吉野の宮の春を知らせて
（児島高徳朝臣を）

うき雲を名和の浦風ふきはらひ船上山に月出でにけり
（名和長年朝臣を）

伊勢の海にただよふ雁ぞあはれなる吉野の春の花も見ずして
（結城宗広朝臣を）

五月闇あやめもわかぬ筑紫路にひとり音をなく山ほととぎす
（菊池武時朝臣を）

もろともに散らばちらむとみなと川菊のゆかりの香ぞながしける
（菊池武吉朝臣を）

露霜のそのうきこともしらぬ火のこころづくしににほふ菊かな
（菊池武光朝臣を）

かぐはしき名をば残して吹く風にちるも吉野の山ざくらかな
（村上義光朝臣を）

うらさびて見るかげもなし賎の女が晩稲（おしね）かりほす鎌倉のさと

大前に詣でばいかに道すがらはやぬれかかる旅ごろもかな
（鎌倉宮に詣づる道にて）

今日ここにしぬびまをさむこともなし落つる涙をただきこしめせ
（鎌倉宮にて）

御楯ともならましものをそのかみに生れぬ身こそくやしかりけれ
（同）

そや野島こや平潟とたづねてむみるめをしばしここにかりつつ
（金沢八景一覧亭にて）

内川も乙艫も瀬戸も見てゆかむ洲崎のあたり浦づたひして
（同）

月見つつしのびてまさむ父母もわが子いづこに今宵やどると
（横須賀にやどりて）

とる筆もかぎりありけりかぎりなきこの嬉しさをいかにしるさむ
（京に入りて、鳳輦ををろがみて）

＊

たちわかれ明日はいなばのしろ兎うさもつらさも神にまかせて
（入営せむとする前日人々へ）

むかし誰がよろひの袖にちりにけむ荒れにし城の山ざくら花
（古城落花）

明日またでちらむとすなる花の上に宿るもあはれ春の夕露
（故三条公をしのびて、春露といふことを）

鷲のなく千島の海のあらなみをふみさけ来ませますらをの友
（岡本監輔氏の送別会に）

畝火山遠きむかしをしのびきてぬかづく袖に梅かをるなり
（大和紀行の中に）

梅の花かをれる野べに寝たる夜は旅を憂しともおもはざりけり
（同）

ここのまとゐかしこのうたげとこの月は大かた酔ひてくらすなりけり
（年のはじめに）

小簾のうちにちりくる見ればなかなかに花になさけの風もありけり
（落花入簾）

駒とめてかへりみすればほととぎす一こゑ啼きぬ妹が家のあたり
（馬上杜鵑）

一つもて君をいははむ一つもて親をいははむふたもとある松
（門松）

緋緘のよろひをつけて太刀はきて見ばやとぞおもふ山ざくら花
（桜）

近江の海夕ぎりふかしかりがねのきこゆるかたや堅田なるらむ
（湖上霧）

さく花をさやかにも見むおぼろ夜の月にのみ吹け春の山風
（月前花）

とぶ鷲のかげさへ見えてこのゆふべあらし吹きそふ木曽の山道
（羇中嵐）

旅人のともしすてたる松の火の一つのこりて夜はあけにけり
（旅にて）

夏もなほこゑぞきこゆる大井川千鳥が淵は風さむくして
（水辺納涼）

わが袖にかよふもかしこ御輦（みくるま）の過ぎゆくあとの春のはつ風
（陸軍始の行幸ををろがみて）

父君の杖にやきらむ一もとをわれにはゆるせ庭のわか竹
（庭竹）

おのづから梢はなるる桐の葉のけさ目に見えて秋は来にけり
（立秋）

身につけしその世こひしくおもふかな太刀見るたびに太刀とる毎に
（折にふれて）

松虫もまつとはきけど鈴虫もふりすてがたき野辺の夕ぐれ
（秋夕）

ゆく水にしばし流れてもえゆくは誰にうたれし蛍なるらむ
（蛍）

やみの夜にをりをりかをる梅が香のあやめもわかぬ恋もするかな
（寄梅恋）

おひそめし小島が崎の姫松に千年をかけて波もよすらむ
（小島氏の女の子生めるに、名を浪子とつくとて）

月もすみ虫も啼くなる秋の夜を長しとのみはおもはざりけり
（秋夜長）

逢はでのみふるやの軒の縄すだれいつまでかかるわが身なるらむ
（久不逢恋）

八千草はうつろひはててむさし野はみながら霜の花さきにけり
（冬野）

いにしへの花のみやこにかへれとか老木も今はみづえさすらむ

（旧都新樹）

うれしくも垣のこなたにさきにけり隣に植ゑし朝がほの花

（隣朝顔）

花ちりてなごりもあらぬさくら田におもひわびてか蛙なくらむ

（暮春）

よみましし人ぞおはせぬ御机（みつくえ）にのせたる書（ふみ）はそのままにして

（亡叔直澄の追悼に寄書懐旧を題にて）

おもひあまり夢にも見しか御供（みとも）せしその世の春の花の下かげ

（おなじく、春夢を題にて）

大とものみつのはま松かすむなり波とともにや春はたつらむ

（早春海）

ひきはへししりくめ縄のながかれと君が代よばふ春はきにけり

（立春）

ゆたけさを御代にゆづりて宮人のころもの袖やせまきなるらむ
（礼服）

さびしさは秋のならひとおもへども言へどもさびし秋の夕ぐれ
（秋夕）

やがてまた雨とやならむ賤が家の軒におりきぬ峰のしら雲
（山家雲）

国をおもふ心の色にくらべ見む春日（かすが）の森の朱（あけ）の玉垣
（春日神社に詣でて）

家出にと縫ひしころもをぬぎかへばうすき心と妹やうらみむ
（旅更衣）

逢ふ夜半はふすまの風もいとひしにいつ世に洩れしうき名なるらむ
（顕恋）

ひとつ色に風ぞ吹きける秋たたば千草花さく庭の夏草
（風前夏草）

唐ごろも袂しあらば人なみにしぼらむものを秋の夕暮
（洋服をつけて歌会に臨みしに、秋夕といふ題をえければ）

波の音も今朝はのどかに二見がたあくるかたより春風のふく
（春風来海上）

うづみ火をはなれぬものは吾妹子が手飼の猫とわれとなりけり
（冬獣）

清水汲むかよひ路のみをのこしおきてしげりはてたる庭の夏草
（閑庭夏草）

うぐひすのはつ音を花にうつしなばいかなる色の香ににほふらむ
（鶯）

琴の音はかよふものから何にかく逢ふことかたきわが身なるらむ
（近不逢恋）

潮沫（しほなわ）の凝りし国べはいかならむ浪風きよしうらやすの国
（四海清）

ふたつなきものなりながら事しあれば千々にくだくるわが心かな

（折にふれて）

雪の色に似たる扇を手にとればならさぬほども涼しかりけり

（扇）

呼びにやりし友より呼びにおこせけり雨はいづこもさびしかるらむ

（秋の雨ふる日）

母にとてわが書く文のふぶくろに入れてやらばや加茂の川風

（夏のころ、西の京にて）

野分して荒れたる宿の園生には惜しきばかりの月のかげかな

（野分のあとの月を観て）

なるかみのひびきの灘の夕立に苫もふきあへぬ船やあるらむ

（夕立）

大空もひとつみどりに見えにけりわか草もゆる武蔵野の原

（野若草）

しめこそはひきはへたれど山里はおのづからなる門の門松
（山家元旦）

氷売るこゑもいつしか聞きたえて巷のやなぎ秋風ぞ吹く
（市立秋）

うちすててかへりみもせぬ笛すらもとりいでらるるこの月夜かな
（仲秋月）

萩が枝におきにし露をこの秋はおのが袂の上に見るらむ
（旅中、庭前の萩、悉く刈り尽されたりと聞きて）

雪のうた書かむとすればこのあした硯の水もこほりけるかな
（朝氷）

賤が家の軒の垂氷の一しづく落つる音にも春を知るかな
（立春）

をとめ子が扇の風やよわからしふたたびたちて飛ぶ蛍かな
（美人撲蛍）

春をただうかるる時とおもひしは花ちらぬまの心なりけり
（花散春閑）

われのみと思ひしものをほととぎす隣の琴もかきたえにけり
（杜鵑一声）

めぐりきて今朝しぐるるや吾妹子が夢とひすてしなごりなるらむ
（朝時雨）

山寺の鐘もきこえてすみぞめのたもと恋しき秋の夕ぐれ
（山寺秋夕）

をさな子の死出の旅路やさむからむこころしてふれ今朝の白雪
（長女文子の身まかれる日）

小木曽山たかき梢の鷲の巣もあやふきばかり吹くあらしかな
（鷲中嵐）

枯れたりとおもひし門の古やなぎそれさへ春はもえいでにけり
（春色）

月清みひとりこえきて二人まで友にあひけり歌の中山
（西の京にて）

ふるさとのわが松島にくらべ見む朝霧はれよ天の橋立
（丹後紀行の中に）

名もなしと里の翁はこたへけりあはれこの山はしきこの山
（同）

知らずしてわれ宿りしに今朝見れば窓はむかへり富士のしば山
（静岡にて）

明治二十六年の末つかた、第一高等学校の生徒、鎌倉にて、発火演習を行ひけるとき、従軍行といふを題にて、百首よみたる歌の中に、

霜しろきいくさの場に月さえてひくく過ぎゆく雁の一つら

色あかきもみぢさへこそちりにけれ血汐ながるる鎧の袖に

汐と共にあだは退(ひ)きけむ攻めくれど影だにもなし稲村が崎

はるばるとわがふるさとをしのぶかな寒き霜夜に太刀枕して

敵ははや近くよすらしうつ筒のけぶりぞ見ゆる松原がくれ

名にしおふ清水の底にうつりけりおのがかぶとの星月の影

敵の射る矢よりもしげくこの夕雨こそそそげやぐらの上に

楯の上にうちやすらひて籥吹けば月ものぼりぬ山松のあたり

寝もやらで焚きあかすなるもののふの篝火しろし夜やふけぬらむ

いかにせむ弓弦（ゆづる）は断えぬ矢は尽きぬつるぎも折れぬ馬も斃れぬ

わが方にさちなきことやあるならむ空ゆく星のおちてけるかな

影あをき月さへてりて屍（しかばね）のかさなる下にこほろぎの啼く

さ夜ふけていくさの場（には）にきて見ればほむらたちのぼる屍（しかばね）の上

影きよみ地図手にとりて見てあれば月をよこぎる雁のひとつら

このゆふべ風なまぐさし屍（しかばね）の上より上をふきて来つらむ

矢叫のこゑもきこえし城の上の松にかかれり弓張の月

楯のおもにをれて乱れて立つ征矢の鷹の羽しろく霜おきにけり

ささげもつ錦の旗にかがやきて清くものぼる朝日子のかげ

駒にのりひとりしくれば負ふ征矢の羽音さむけく秋風ぞふく

手むけする幣（ぬさ）にまじりてしら旗の神の御前にちる紅葉かな

もののふの背におふ母衣（ほろ）のほろほろと鳩ぞ啼くなる八幡（やはた）の宮に

もののふの鎧の袖の浦かぜに波の花ちる秋の夕ぐれ

よせくるは敵か味方かしら波の浜べを遠く吶喊（とき）のこゑする

朝比奈の阪には敵のかげもなし金沢さしてはや落ちつらむ

わが乗れる駒のひづめも見えぬまでいくさの場(には)にちる木の葉かな

ふるさとの妻こひしらに剣太刀とけては誰も寝られざるらむ

あしむらに敵か隠るる金沢やつらうちみだし雁のゆく見ゆ

このあした霜こそ白くおきにけれわが黒駒の立髪(たてがみ)の上に

もののふのともしすてたる篝火の煙(けぶり)のこりて夜は明けにけり

まくらべに今きこえしは松かぜか鼓の音かそれかあらぬか

弋とりて眺めしをれば月かげのさやけき空に雁なきわたる

命あらばいきの松原ながらへてまたも見に来（こ）むいきの松原

駒の上をふく風さむくたつ髪に垂氷（たるひ）さがれり雪の下みち

血まみれし槍のほさきを洗はむとしばしたちよる谷の下水

駒たててわれ見てあれば高嶺（たかね）より紅葉ふきおろす山おろしの風

たふれふす屍のかずも見ゆるまでさやかにてらす秋の夜の月

もののふのとりてはなちし銃（つつ）の上にみだれてもちる玉あられかな

世の人にあかき心をめでられてうらやましくもちる紅葉かな

あだどものよせくと見しは夢にしてさむる枕にくつわ虫なく

*

書見(ふみみ)ても袖ぞつゆけき笠置山松のしづくにぬれしむかしは

（披書思古）

秋をしもかなしき時といふめるはかかるわかれのあればなるらむ

（秋哀傷）

天がける人のゆくへの見えぬかななげきの霧の空にたちつつ

（同）

なかなかにうき人かげやおほからむ散りしぞ花のなさけなりける

（花ちりて後、上野山にものして）

ながれ来る花こそなけれ小金井のさくらもここやとまりなるらむ
（四月末つかた、小金井にものして）

いにしへの琴のしらべは知らねども今もきこゆる松風のこゑ
（嵯峨野にて）

久かたの雲井のさくら知らずしてかへる人おほしみ吉野の山

世をおもひねられぬままに剣太刀とりてこよひもながめけるかな

色も香も森のわか木にとどめおきてこころしづけくちるさくらかな
（森鷗外氏の父君のみまかられし折）

つくづくし手にもちながらねぶる子は夢も春野になほあそぶらむ
（春夢）

鈴虫のこゑするかたに舟とめておもはぬ岸の萩を見しかな
（水辺萩）

この秋は何を手むけの花にせむゆふべの雨に萩はちりたり
（先師堀秀成翁の十年のみまつりに）

うごかずと名におふ石のほとけさへゆれても見ゆる那智の大滝
（滝）

てる月を松の葉ごしに見つつゆけば長くもあらず天の橋立
（名所月）

世をいのる心のそこは岩清水いはねど神はくみて知るらむ
（男山にて）

もののふのそそぐ涙にくらべなばしげくはあらじ草の上の露
（同）

たちわかれいなばの山のその名さへわすれて見たり今朝の白雪
（人々と金華山の麓なる万松館に雪見して）

ふるさとのここちのみして眺めけりこがね花さく山の白雪
（同）

わがおくる麻のさごろもぬぎすててはや身にまとへあやに錦に
（大町桂月に）

とひくれど君はいまさずわがごとく君またわれを月に訪ふらむ
（月夜訪友）

わすれなむいまはたものは思はじと思ふもものをおもふなりけり
（思）

われのみやものおもひをると出でて見れば尾花が袖も露けかりけり
（秋思）

さをしかの啼きてや秋をおくりなむ刈りつくされつ萩が花妻
（折にふれて）

笛にもとおもふ軒端のなよ竹にふしおもしろきうぐひすのこゑ
（鶯）

大君のかへりきまさむそれまでは初音もらすな山ほととぎす
（明治二十八年初夏）

つねにきくこゑにはあれど秋といへばかなしかりけり峰の松風
（松風）

わが門をたづねし人や誰ならむ歌こそ見ゆれ芭蕉葉の上に
（ある時）

青柳のしづえよりちるしら露をふたたび蓮の上に見るかな
（蓮上露）

つかさをばみなうちすてて朝な夕なみ枕のへにこの身あらばや
（逗子なる井上梧陰先生を訪ひて）

心あらばただ一もとのよはひだに君にをゆづれ庭の松原
（同）

みをしへにそむける人をなげきます君が涙か苔の上のつゆ
（松陰神社にて）

なき人の飼ひし家鳩啼く見てもほろほろ落つるわが涙かな
（鷗外氏のなき父君をしのびて）

照る月はおぼろなれども夜もなほ梅のかげ見る庭の池水

（梅映水）

さくら木のわか葉の露を見るときはちりにし花もおもはざりけり

（新樹露）

よろづ代を春にちぎりし花にまた万代ちぎるうぐひすのこゑ

（大婚二十五年式の御祝に、鶯花契万春といふ題を）

秋風にしをるるころは女郎花花にこころを露もおくらむ

（草花露）

いづれとも梢はわかずしら雪のふる川のべの二もとある杉

（杉上雪）

時雨にはなれぬる夜半の夢をさへおどろかしてもふる霰かな

（夜霰）

駒とめてこよひ聞きにしかりがねは妹があたりを啼きてきつらむ

（馬上聞雁）

槙の戸をたたくは誰そとうたがひもはるる月夜に水鶏なくなり
（水鶏）

うまやぢの夜半のあらしのはげしさをいつか都の人にかたらむ
（旅宿夢）

とる筆のさきもこほりてこのあしたわが書く紙に声のあるかな
（冬声）

いにしへもかかるなげきのありつやと問ひても見まし軒の橘
（橘）

虫の音のきこえぬ野べもなかりけり秋はいづこもさびしかるらむ
（満野虫声）

住む人の名は知らねども涼しさにとひても見ばや松たてる門
（旅にて）

秋まちてふたたびわれはたづね来（こ）むまだうらわかし庭の萩原
（同）

かりねするこよひの宿の近からば折りても行かむさ百合撫子
（同）

春は雉子秋はをじかのたづねきて寂しくもあらず山の下庵
（山家）

なかなかに訪はれぬもこそうれしけれつもりしままの庭の白雪
（閑庭雪）

里の子にすみれの床はゆづりおきてひとり雲雀の空に啼くらむ
（雲雀）

もみぢ葉はさそひつくして朝あらし松にしたしむ冬は来にけり
（初冬嵐）

雨はれてふく風そよぐ伊予すだれいよいよ月のおもしろきかな
（雨後月）

旅衣すずしき見ればやつ橋やくも手に風もふきわたるらむ
（夏旅）

母君のここにしまさば聞きつともかたらむものを初ほととぎす
（初時鳥）

をちかたに笛の音すなりさ夜ふけて月にねられぬ人やあるらむ
（月前笛）

都出でて日をふるさとにかへれどもまだ霽れやらぬ五月雨のそら
（故郷五月雨）

里人のをしへしあたりたづねきてまことに聞きぬうぐひすのこゑ
（鶯誘人）

逢はでのみ秋は暮れけりこの冬はわがたもとよりしぐれそむらむ
（冬恋）

誰か来てわれよりさきにすずみけむ松の木かげに扇すてたり
（納涼）

軒に来て呼べばしぐるる山鳩のこゑもさむげに秋ふけにけり
（山家暮秋）

うき世をば思ひはなれて富士の嶺のたかねの雲に夢やむすばむ
（小田原にて）

呼べど呼べど人は帰らず呼べど呼べど人は答へず田子の呼阪
（興津なる友を訪ふに、近うみまかりしときて）

しら波のおともすずしき大磯にいそぎてかへる人を待たまし
（大磯の宿より、西の京なる藤園主人のもとへ）

をとめ子がまねくたもとをよそにして心たかくもとぶ蛍かな
（蛍）

門よりも柳は高くなりにけりさしていくらの春もへなくに
（門柳）

ゆく秋はまたもかへらむもみぢ葉はまたも染めなむあはれ君はや
（久米幹文翁を悼みて）

わかれかねたゆたふ身をばよそにしてながれもゆくか加茂の川水
（加茂川にて、橋本光秋君に）

たちいでてかへりみすれば吾妹子が門の柳にうぐひすの啼く
（柳鶯）

芭蕉葉にかきにし歌やきえぬらむこころして降れ夕立の雨
（夕立）

蔦もみぢ色にいでてもかかりけり荒れにし寺のあか棚の上に
（廃寺暮秋）

庭にちる花にもこゑのきこゆなりいかにしづけき夕なるらむ
（春声）

えみしらを見ては犬さへ吠えにけりまだ世にうときみやまべの里
（木曽の山中にて）

みちのくは歌まくらおほしうたよまぬ人なゆるしそ白河の関
（福島教育会にて）

なき人のゆきにし西のそらよりや身にしむ秋の風は吹くらむ
（秋風）

五月雨は霽るとも見えずふるさとの父のおくつき苔やむすらむ
（梅雨のころ）

見てだにもしのびてましを春の夜はなど月かげのおぼろなるらむ
（春夜懐旧）

須磨の浦や月待ちがてら立ち出でてうれしき友に逢ひにけるかな
（須磨にて）

須磨の浦やむかしのままの関しあらば外つ国人はとほさざらまし
（同）

もののふの駒うちいれしあととへばむなしくかへる須磨の浦波
（同）

笛ふかむもののふもなしすまの浦や月はむかしの月かげにして
（同）

筆とりてうつさまほしくおもふかな絵島が崎の秋の夜の月
（同）

汝もまたありしその世をしのぶらむ小松がくれの鈴虫のこゑ（同）

もしほやく煙はたえてすまの浦や波間にうかぶ紀路のとほ山（同）

そのむかしいかに悲しと見ましけむ須磨の宮居の秋の夜の月（同）

摘みにきてうれしきものはあしたづのむれゐる野べの若菜なりけり（野若菜）

家づとにもてきて植ゑし一もとの萩にもやどる秋のゆふ風（秋風）

むつまじき妻とたのみし扇さへおもひすてたる夏の夜の月（夏月）

小簾のうちは笛より外のかげもなしたちいでて庭の花や見るらむ（画賛）

いそのかみふる野のみ雪かきわけて摘めど若菜は若菜なりけり
（野若菜）

衛士の焚く庭燎のけぶりかすみけり春やみ空をこえて来つらむ
（禁中立春）

秋もなほ人は訪ひけりわがやどのさくらの紅葉いろあかくして
（庭紅葉）

玉すだれゆらぐともなき春風のゆくへを見せて舞ふ胡蝶かな
（蝶舞春風）

母の背にむかしながめしわが身とは知るや知らずやふるさとの月
（故郷月）

なく鹿のこゑぞかなしき山里のもみぢふみわけ秋やゆくらむ
（山家暮秋）

拭はむと手にとる太刀のたちまちに身にしみわたる秋の初風
（立秋）

朝月夜かすむ野守が垣根みちかげふみゆけば雉子(きぎす)なくなり
（野雉子）

から人のささげし鶴も今日はまたわが大君の千代よばふらむ
（日清戦役の年の天長節に）

たから舟まくらにしきてえみし舟うち沈めたる夢を見しかな
（おなじき戦役の中に、新年を迎へて）

弾丸(たま)にあたりたふれしは誰そふるさとの母の文をばふところにして
（従軍行とふ題にて）

鞍はみなあけに染まりて主(ぬし)もなき駒ぞ嘶(な)くなる山かげにして
（同）

駒にのりあかつきはやくわれくれば折れたる太刀に霜おきにけり
（同）

山駕籠に今朝うちのりて箱根路やむかしのままの旅をせしかな
（箱根山にて）

手むけにと君が今朝折る萩の上に露の外なる露やおくらむ
（三上参次氏の父君のみまかれるに）

わが家はわがふるさとにあらざればかへりてもなほ旅寝なりけり
（異郷是故郷）

たふれたる松をそのまま橋にして賤はかよへり谷のあなたに
（山家橋）

ははそ葉を時雨のたたくここちして秋にまぎるる蟬のこゑかな
（蟬声如雨）

都鳥いざこととはむ花を見て歌おもふ人はありやなしやと
（花のころ、人々と舟を墨田川に泛べて）

木曽の山わがこえ来れば水無月に袷をぬがぬ里もありけり
（深山夏）

賤が家の門のはひりに樫の実のひとつこぼれて冬は来にけり
（山家初冬）

わすれゆきし扇のぬしを呼びとめて涼しさかたる松の下かげ
（納涼）

おちそめし桐の一葉のひまなくば見えずやあらむ三日月の影
（初秋月）

漕ぎのぼる衣手すずしすみ田川舟には秋の風も乗るらむ
（舟中納涼）

君をおもふ涙とも知れかきくらし日をふらんすの雨のゆふべは
（池辺吉太郎氏の送別会に）

七(なな)ゆきし少女が伴(とも)をしのぶらむ高佐士(たかさじ)の野の春のわか草
（紀元節の日、野若草といふことを）

かきならす琴のしらべは知らねども吾妻ときけばうれしかりけり
（寄琴恋）

さをしかも三笠の山を眺めけりわが待つ月は今か出づらむ
（画賛）

須磨明石月もさくらもこのごろは君がかへりを待ちわたるらむ
（人の播磨に行くを送りて）

さく花はあとなくちりてうぐひすのみささぎ寒く春雨ぞふる
（陵上春雨）

杉むらをわたるあらしのこゑたえておぼろ月夜に狐なくなり
（春獣）

道塚の松にかかりて立つ虹のきゆる末より降る時雨かな
（行路時雨）

櫨紅葉うすく染めいでてきのふけふ時雨がちにもなりにけるかな
（初冬）

花うゑし君まさずとは知らずして今年も雁のとくかへるらむ
（山本敏氏の、択捉島にて病死したりきと聞きて）

うつしうゑし人をしのびて島がくれいかに露けき花のさくらむ
（同）

うづらなく秋のあはれも今はなし霞こめたるふか草の里

（里霞）

みちぬれば欠くるものとは知らざらむおもへばあはれ望月のかげ

（詠史）

ふみわけし君がこころにくらぶればふかくはあらじ小野のしら雪

（同）

戈とりてうたひし人のおもかげもさやかに見ゆる秋の夜の月

（同）

神路山ふもとの里にすみしより待たでも聞きつ山ほととぎす

（神路山のふもとにて）

五十鈴川きよき川瀬におりたちし心をつねのこころともがな

（五十鈴川にて）

老松のかげに小松のある見れば御代は千代ともかぎらざりけり

（寄松祝）

あるが中にやや小だかきは去年の今日ひきのこしたる小松なるらむ
（子日）

をさな子が手もとどくべく見ゆるかなあまりに藤のふさながくして

ゐながらも聞ゆるものをほととぎすこゑする方にたち出でにけり

池水をすずしき風やわたるらむ浮藻はなれて蛍飛ぶなり
（池上蛍）

朝夕に手をばはなたぬ筆すてて太刀をとるべき時は来にけり
（日清戦役のころ、予備軍の召集をうけて）

花を見る人かげおほみ上野山たかき梢にうぐひすの啼く

ゆく水はあとなく涸れてみなと川ながるるものは涙なりけり
（湊川にて）

手にもてるやまとをのこの弓矢をば知らでも空に鷲のとぶらむ
（日清戦役のころ）

待たであらむ待たでをあらむ啼くときは待たでも啼かむ山ほととぎす
（杜鵑）

小松原松原つづきゆけどゆけどゆけども尽きずあはれ松原
（旅にて）

水上のかすみのそこや雨ならむ簑きてくだす宇治の川舟
（名所春雨）

霜おけどおくとも見えずわが宿の庭のまがきの白菊の花
（籬菊）

いろいろに虫のなく音はきこゆれど秋のあはれはかはらざるらむ
（秋思）

み越路の夏をしらねの山もとは今こそ萌ゆれ谷のさわらび
（深山蕨）

たちいそぎ衣(きぬ)とりいるるかたへよりやがて霽れゆく夕立の雨
（夕立）

ゆく水に月をゐがけるつま扇手にはとらねどすずしかりけり
（涼しきもの）

おきいでて月見る人もあるものを庭のねぶの木などねぶるらむ

ときどきに色はかはりて世の人の心に似たりあぢさゐの花

朝ごとに君がうちむかふ鏡には老いせぬ千代のかげも見ゆらむ
（千家尊福氏の母君の賀に）

阿伽井くむわが衣手にやどりけり片山寺の秋の夜の月
（山寺月）

萩といふあいいぬことばをおこせたる友のかたより雁は来つらむ
（初雁）

たきもののけぶりもたえて塚の上にふる雨寒くちるさくらかな

（彰義隊の墓にて）

ちる花を惜む歌をばしるしたる紙をもさそふ庭の春風

（春風）

大君のめぐみの波にかかりけり八十路（やそぢ）の老の末の松山

（さる翁の、養老金を賜はりたるに、代りて）

梟のこゑする森の杉の上にひかりも青き月いでにけり

（吉祥寺にて）

とりどりにさきみだれつつくろはぬまがきの菊もおもしろきかな

（垣菊）

雲間より星のかげ見しうれしさは月にまされり五月雨のころ

庭松をはなれし月のまたさらに銀杏のかげにたちかくれつつ

中垣のへだてを越えてわが宿の松にもかかる蔦もみぢかな
（隣家紅葉）

君がため手折るしきみの露の上におきそふ露は涙なりけり
（友の墓に詣でて）

夜はふけて待たぬ月だに出でにけりはやくもなのれ山ほととぎす
（待杜鵑）

耳塚のありてふことをまつろはぬからのえみしにきかせてしがな
（日清戦役のころ）

潮沫（しほなわ）の凝りてなりにしから国も瓊矛（ぬほこ）のみいづ今ぞ知るらむ
（おなじころ、多賀の宮にて）

わが宿の八重のしら菊その色の一重は月のひかりなるらむ
（月前菊）

さくら炭かきおこしつつ寝たる夜の夢にも聞きつうぐひすのこゑ

風さむみねざむる親のそのために炭さしそへむ夜半のうづみ火

久方の雲の上なる御庭(みには)にはいつもさやかに月のてるらむ
（高輪御殿の観月の御宴にはべりて）

うぐひすも花にこころやよせぬらむ桜にちかき松に啼くなり
（松上鶯）

高嶺(たかね)にもはや来つらむか二荒山足のもとゆく雲もありけり
（二荒山にて）

鬼のすむ安達が原も君が代はくるまの上に寝て過ぎにけり
（汽車のうちにて）

うきことのまこと聞えぬものならば住みても見まし耳なしの山
（耳なし山にて）

吾妹子にねやの妻戸をあけさせて寝ながら今朝の雪を見るかな
（朝雪）

汝もまたおなじこころにしのぶらむおもふかた野に啼くほととぎす
（名所杜鵑）

みな人のなげきや凝りてのぼるらむ豊島が岡の秋の夕霧
（山田顕義伯の御墓にて）

朝日かげのぼるを見れば神路山神代とほくもおもはざりけり
（日出山）

もののふの屍さらししあとぞとも知らでや人の花を見るらむ
（上野山にて）

松風にわが身をなしてかき鳴らす妹が小琴の音にかよはばや
（松風和琴）

あひ見ぬは君がなさけとおもへども思へどもなほくやしかりけり
（富本氏の追悼録『忍の露』のはじめに）

太刀佩かでありく姿をちはやぶる香取の神はいかに見まさむ
（香取神宮にて）

わかれかねやすらひをれば夏衣かとりの森にひぐらしのなく
（同）

もしほやくけぶりにつづく里もなし浦回（うらわ）の小舟誰か漕ぐらむ
（漁村烟）

春の日も長くやなりし暮るる待たで花にねぶれる蝶もありけり
（遅日）

ふく風に軒のしのぶの露ちりて月おもしろき夜半にもあるかな
（夏月）

さきつやと軒端の萩に露ならでまづおかるるは心なりけり
（萩未開）

あづま路のなこその関もとざさねばのどかに越えて春の来つらむ
（春従東来）

大原女がいただく柴もぬれにけり北山あたりしぐれしぬらむ
（名所時雨）

山里は外にきこゆるものもなし筧のおとのそれならずして
（山家水）

つり糸にこころつなぎて老の波よるとも知らず世をわたるらむ
（漁翁）

うきことは聞かじとこもる山かげに何みみづくの夜ただ啼くらむ
（山家鳥）

かぢ枕ゆられゆられてあかし潟ねられぬ夜半を千鳥啼くなり
（旅泊千鳥）

剣太刀さやぎたたかふ夢さめてきくもわびしき荻の上風
（荻）

さく花の下ゆく時は大井川水のこころものどけかるらむ
（春川）

折りてよと花さく椿ゆびさしてわれを呼ぶ子は誰が子なるらむ
（春のころ、そぞろありきして）

鳩の啼くこゑもしめりてこのゆふべ八幡（やはた）の宮に春雨ぞふる
（鎌倉なる八幡宮にて）

丹波路（たにはぢ）の雲にひかりは消えにけり影も清洲の秋の夜の月
（詠史）

あしたづのかげより外の影もなしいかに晴れたるみ空なるらむ
（晴天鶴）

摘めばかつ千代のためしのうれしさも袂にあまるはつ若菜かな
（若菜）

朝ぎよめせましとおもふ庭の面に桐の葉ちりぬ秋や立つらむ
（立秋）

朝風にまだしら雪のふるころはにほひもさむき梅のはつ花
（早梅）

手折りてし小萩の露やかかりけむ翅（はね）おもたげに胡蝶飛ぶなり
（秋蝶）

夕月のかげは見えねどはつせ山かすみをもるる入相の鐘
（山寺夕）

ふるき世をしのぶ袂に風さえてふみぞわづらふ雪の下道
（鎌倉なる雪の下にて）

みづえさす樫のこずゑに風たちて古葉こぼるる谷の下道
（新樹）

桐の葉の落つるまでにはあらねども身にしみそめぬ庭の朝風
（初秋風）

清見潟底にうつれる富士の嶺の雪にも似たる波の色かな
（波上山色）

水鶏をば水鶏のこゑと聞くばかり訪ふ人もなくなれる宿かな
（閑居水鶏）

もののふがとるや真弓の矢竹さへ笛にきらるる世となりにけり

あしたづのあとある雪をかきわけて摘みし七草君におくらむ
（若菜を人におくるとて）

川柳ひと葉こぼるる水の上に秋の色さへ見えわたるかな
（秋色）

うばらとはおもはれぬまで針ごとにむすびとめたる露の白玉

うぐひすはうらみがほにも啼きにけり折りしあとある梅の下枝に
（鶯）

をみなへし花さく野べの夕露にぬれて伏したり尾花かるかや
（秋草）

はやぶさに蹴られてにぐる白鷺の羽ふきちらす磯の秋風

しぐれふる旅のやどりのつれづれに歌かきつけぬ菅笠の上

うきことのあるたびごとに君まさばまさばとばかり思ひけるかな
（梧陰先生の御墓にて）

名もあらぬ草葉の上の露にだにみ空の月はやどるなりけり
（月、露にやどるといふことを）

西窓になかばは見ゆる芭蕉葉のやれめより吹く秋の初風
（初秋風）

をとめ子が髪のかざりのつくり花見つつ逐ひゆく蝶もありけり
（春興）

世に媚びぬこころも見えてなかなかに痩せたる菊のおもしろきかな

なき父のうつしゑとりてながめけり今宵の月に寝もやらずして

ふく風にきえしともし火ともさずてそのまま軒の月を見しかな

雪折れのあとある竹にふく風は夏もつめたくおもほゆるかな
（竹風忘夏）

加茂川のすずみのうてな夜はふけてのこるは月とわれとなりけり
（納涼）

山寺にたえず焚くなるそらだきのけぶりの末か峰の白雲
（山寺香煙）

うき雲のたえまに星も見えそめて霽るべくなりぬ五月雨の空
（五月雨初霽）

世の中の人のこころのあくた川すむべき時をいつとか待たむ
（時事）

うつしうゑし紅梅の花さきにけりもとのあるじに文ややらまし

山寺の閼伽井の水にちる花をそのまま汲みて手向けにはせむ
（山寺落花）

なく虫の音にかよへばや風わたる軒端の鈴の涼しかるらむ
（風鈴）

松かげの風をすずしみうちおけば扇の上に露のこぼるる
（松陰納涼）

わればかりここにのこして比叡の山いづこに雲のいでてゆくらむ
（雲出岫）

歌まくらたづねたづねて寝（ぬ）る夜半は月と花との夢のみにして

あつめたる窓のほたるよこころあらば子をおもふ闇をてらせとぞ思ふ
（蛍）

山かげにあるかなきかの水なれど濁らねばこそ人も汲みつれ

事しあらば君が御楯とならむ身のなどかくばかり痩せはてぬらむ
（病に臥して）

春もなほ訪はぬを人のなさけにてはらはぬ花の雪を見るかな
（落花如雪）

鶏（にはとり）のこゑぞきこゆるこのおくに家やあるらし岡の松原

ふるさとの妻子（つまこ）いかにと寝もやらで雨ききをれば雁なきわたる
（郷思）

さくら木の枯枝たきてさむき夜を賤とかたれりみ吉野の里
（山家冬夜）

狼のかよひしあともそのままに雪はのこれり木曽の山みち
（深山残雪）

つくづくとわれ見てをれば夕露のたえずこぼるる庭の萩原
（萩露）

夕日かげはやかたぶきし山かげにいつまで子らの椎ひろふらむ
（初冬山興）

さくら花ちるともよしや吉野山われはむかしの跡をたづねむ　（名所山）

うぐひすの初音ききつと見し夢のさむる枕に梅かをるなり　（梅薫枕）

春秋のあらそひやめてさくら木も楓もともにわかみどりせり　（新樹）

かへりきてぬぎし衣の袖よりも二ひら三ひらちるさくらかな

やり水はたえていく日ぞ落葉をば落葉のたたく音ばかりして　（山家冬）

ねぐらへといそぐ鴉もなにとなくながめられけり秋のゆふぐれ　（秋夕）

朝夕に手にとりなれし筆すらもおもふままにはうごかざりけり　（寄筆述懐）

水上にをとめが伴（とも）のかげ見えて里の小川を根芹ながるる
（春川）

雪釣をとりはらひたる庭松に春のいろさへ見えわたるかな
（春色）

こころして錆はつけねど剣太刀つひにとり佩く折はなからむ
（太刀）

うき雲はふもとになしてゆふべゆふべ高嶺（たかね）の月は澄みわたるらむ
（嶺月）

さまざまに色ある菊も見えにけりみやこにちかき秋の山里
（山家菊）

ふるさとのいよいよ遠くなるままに夢はいよいよ見えまさりつつ
（旅夢）

とりどりに君が千とせをいはふらむ色こそかはれ黄菊しら菊
（寄菊祝）

冬の夜のさえゆくままにうづみ火の消えにし人をわれしのぶかな
（冬懐旧）

青柳に風吹くをりは池水の底のかげさへなびくなりけり
（風前柳）

けがれたるこの世の中にとどめじと君が歌をば君は焚くらむ
（宮崎氏の晴瀾焚詩の初めに）

焚くといふ歌の上には世をなげく君がおもひも見ゆるなりけり
（同）

世をいとふこころの月のかげまでもさやかにやどす水茎のあと
（同）

筆あまたはなむけにせむ別れなば君が文のみ恋しかるらむ
（池辺義象君の渡欧をおくりて）

国のため君が身を厭へ君が身は君が身にして君が身にあらず
（同）

わたつみの神もまもれよわが思ふ友どち一人この舟に乗れり　（同）

いくそたびかへりみすらむ舳（へ）に立ちて波間にうかぶ富士の遠山　（同）

藤衣

明治二十九年十二月十一日午後十一時、わが義父直亮は、身まかり給ひぬ。その夜、枕べに侍りて、

一ことはものをのたまへ寝もやらでわれさもらへり御枕のへに

灯火のかげ、いと暗うなりたれば、

かかげてもかひこそなけれ夜もすがら涙にくもるともし火の影

寒からむとて、父の衣とりいでて、母の著せければ、

なきおやのめぐみのほども知られけり形見の衣の綿あつくして

昨日拭ひし太刀を手にとりて、

父君のかたへにありてこの太刀をわが拭ひしは昨日なりしを

すぎこしかたの事どもを考ふるに、くやしきことのみ多かりければ、

かくもせむともせむと思へど父君ははや世にまさずあはれいかにせむ

あくる朝、小中村義象君より使あり。文に、父君のうせ給ひしはまことなるかと、しるしあり。やがて、筆とりて、かへりごとす。

今朝までも夢かとばかりたどりしにさめぬを見れば現なりけり

父の身まかれるも知らで、文おこせたる人々あり。

この世には名あての人もおはせぬを誰に見よとのたよりなるらむ

霊前にむかひて、香をくゆらす。

なき人のためにわが焚くたきもののけぶりも今朝はむすぼぼれつつ

摺沢静夫君は、仙台の人なり。君は歩兵少佐にて、現に近衛の大隊長なり。父の身まかれるを聞きて、やがて、たづね給へり。父の仙台にありし時、学生を教育せしは、おびただしきものにて、あるは軍事に、あるは法律に、あるは教育に、あるは事業に、その従事する所こそ同じからざれ、その名の世に聞えたる人々は、実に多かり。摺沢君もその一人なれば、互に父の事どもをかたりいでて、

おく露はひとつなりしをいろいろに萩の花さく宮城野の原

その日の夕つかた、山寺の鐘、いと悲しうきこえければ、

かくばかり悲しきものと昨日まで聴かざりつるを入相の鐘

父の写真をもとめむとて、箱などかいさぐるに、岩倉具視公の写真を見いでたり。公の世におはせしほどは、わが父をいみじう愛せられき。公のうせ給ひし後は、父のしのびまつること、ことわりにも過ぎたり。かくて、月毎に、海晏寺に詣でなどしければ、こたびの事を公に告げまゐらせむとて、

召しいでてあはれはかけよわが父は君がみもとへ今日たちいでぬ

尾崎行雄氏の父君、わが叔母の死去を、父の死去と聞きたがへて、とぶらひの文、おこせられぬ。驚きて、そのあやまりなるよしをいひやりしに、程なく、父も身まかりしかば、また文おくるとて、

このたびはまことに父のうせにしをまたいつはりと君や聞くらむ

国分青崖君は、父の教子なり。第一軍に従ひて、から国にあるに、こたびの事をいひやるとて、

はるばるとわがやる雁の玉づさをいづこの空に君は聞くらむ

出棺のをりに、

父君よはやいでますか泣きさけぶ母もうま子もみなあとにして

久しう飼ひおける鶯を放ちやるとて、

はなちやる籠のうぐひすこの春は父の御墓の梅に啼かなむ

はふりの日、颪いと荒く、夜に入りても、なほやまず。

まどろまば夢にも父の見ゆべきにこころなく吹くさ夜あらしかな

墓前に手向けたる榊葉の霜の消えゆくを見て、

おく霜は露となりてものこりけり今朝手むけたる榊葉の上に

わがしるべに、滝川素介氏といふあり。氏の父君も、おのが父と、同じ日に身まかられき。墓さへ、同じ青山なりければ、詣づる毎に、必ず、逢ふ。一日、共にそこなる茶店に憩ひしに、いかがしたりけむ、とり違へて、おのが外套を著られたり。いささけきわざなれど、時にとりては、また、悲しさの心も起りてなむ。

たがへしもことわりなれや藤ごろも涙さへこそおなじかりけれ

その後、滝川氏、わが家をおとづれられぬ。くさぐさの物語して、夜も更けぬ。氏の帰らるるとき、

いたづらに泣きてこの夜もわかれけり君とわれとは親なしにして

清水広景氏は、仙台の人なり。父には、親しきゆかりある人なるが、わざわざ、のぼりきて、はふりの供せられたり。二日三日ありて、氏の帰らむとするに、いとわかれがたうおぼえければ、

さらぬだにかわくともなき藤ごろも今日のわかれにまたぬらすかな

約ありきとかにて、このほど、霊前に手向けられたり。その志のほど、何にかたとへむ。

くもりたる鏡にはあれどわが父をしのぶこころは見ゆるなりけり

高見広川氏は、熊本の人なり。何か思ふところありしならむ、近く出家して、仏門に入られぬ。父とのまじはり深かりしが、ひと日、たづね来て、めぐりあはむ春をたのみしかひもなく雪と消えにし君をしぞおもふ、といふ歌を手向けられたり。かくて、世の常なきことなど、かたられしが、実にと、うなづかるる事のみ多かりければ、

かなしさのうちわすらるるものならばわれもまとはむ墨染の袖

除夜に、人人あつまりて、歌よむ。おのれ、ことしは、二人まで親をうしなひしかば、

ふたりまで親にわかれしうき年もかぎりと思へばかなしかりけり

父の年は、六十九なり。来む年は、七十の祝をもせむといはれしに、今はさることもかなはず。

来む年はわが七十路（ななそぢ）のいはひをもせむといひてしあはれ父はや

元日の朝、近き家々にて、若水を汲むにやあらむ、車井の車の音の聞えければ、

年老いし父のこの世にましまさば起きても汲まむ今朝のわか水

起きいでても、なほ父の事のみ心にかかりければ、

あら玉の年はかはれどなき父をしのぶこころはそのままにして

初夢

たから舟まくらにしきてねぬる夜の夢にも見えつ父のおもかげ

久米幹文翁は、わが父のしたしき友なり。父よりさきに身まかられしが、四日の日、その墓に詣でて、

わが父も君があとおひてゆきにけり共にも越えよ死出の山道

六日の朝、はじめて、鶯の音を聴く。

まちまちてうれしと聞きしその春は夢なりけりな鶯のこゑ

青戸波江君に、父の遺物なる残月といふ硯贈るとて、

天がける人のかたみと君は見よ雲間にのこる夜半の月影

わが家は、豊島の里なり。うしろの岡に出でたるに、若菜など、やや、萌えいでければ、

この春も岡のわか菜は萌えにけり摘みてささげむ父もまさぬに

父君の手栽の松やたわむらむこころして降れ庭のしら雪

十八日、暁はやく、墓まうです。青山わたり、雪いと白きに、われならでは、跡つけたる人もなし。

あはれとも人は見るらむ御墓へとわがあとつけし野辺のしら雪

夕つかた、友人おほくあつまりきたりしが、題をわかちて歌よむ。おのれ、春雪といふ題をえて、

消えはてし人にもわれはよそへてむしばしはのこれ春のあわ雪

*

いにしへを誰にか問はむしら川の関路は荒れてただ秋の風
（古関秋風）

大洗磯（おほあらいそ）われおり立てば裾のあたりよせてくだくる八重のしら波
（大洗磯崎にて）

たたかひし荒野の末にもののふの夢のなごりか秋風のふく
（古戦場）

花のころ母と来て見し山里のさくらの林しぐれそめけり
（初冬）

剣太刀身にこそつけね男山たけきこころは神ぞしるらむ
（男山八幡宮に詣でて）

かしこくもぬかづく袖にちりにけりうねびの山の松の下つゆ
（畝火の山陵に詣でて）

歌よまむこころもあらぬをさな子も玉と見てけり萩の上の露
（萩露似玉）

草の上は吹きはらへどもわが袖に露おきそふる秋の夕風
（秋風）

与謝の海あさ東風（こち）なぎてうらうらとかすみわたれり天の橋立
（名所霞）

駒のくちゆるめて行かむおぼろ夜の月見がてらの梅の下道
（梅下歩月）

霽れたらばまづ拭はましこの雨に父のかたみの太刀や錆びなむ
（梅雨のころ）

明治三十年一月十一日、皇太后陛下、かなしくも、崩御ましましぬ。十三日の朝、雪ふみわけて、参内せしが、その道すがら、よめる歌どもの中に、

世にまさば歌をも召さむ世にまさば御酒（みき）たまはらむ今朝のしら雪

誰がために跡つけさせてみやつこは御庭（みには）の雪を今朝まもるらむ

かかぐべき簾おろしてこの雪に少女がともは物おもふらむ

君をしのぶ民のこころにくらぶればまだまだあさし今朝の白雪

千代までと祈りまつりしかひなさを雪に折れたる松に知るかな

よそふべき君しまさねば御園生(みそのふ)の松をも雪の降りうづめけむ

歌めさむ君もまさぬをおもしろく御庭に雪のなにつもるらむ

しばしだにわすれまつらむすみぞめの袖ふりかくせ今日の白雪

ふたたびはかへりきまさぬいでましのよみ路につもれ今朝のしら雪

すみ染の衣をつけて御園生の雪を見むとはおもひがけきや

しら雪の消えましし君をおもひいでて誰しも今朝は袖ぬらすらむ

九重の御庭の雪は色もなし出で入る人のそでくろくして

ふりかかる雪はなみだにかつ消えてたもとのぬれぬ人なかりけり

しら雪のふりにし世々のふみ見てもこれよりふかきおもひなからむ

ふりつもる雪は下より解けにけり今日のうらみよいつ消えぬらむ

*

明治三十二年の春、病にふして、よめる歌どもの中に、

わが歌をかきてと人に乞ふばかり病おもくもなりにけるかな

寝もやらでしはぶくおのがしはぶきにいくたび妻の目をさますらむ

父君よ今朝はいかにと手をつきて問ふ子を見れば死なれざりけり

上野山花はさかりになりたりと聞きつるものをわれ床(とこ)にあり

くさぐさの薬の名をも知りにけりおのが病や久しかりけむ

たれこめしわが身も春のゆくへをば君がなさけの花に知るかな

胸におくこほりぶくろのあつ氷とくわが病癒えよとぞおもふ

逢ふこともかたくやならむと故郷(ふるさと)の母のうつしゑとり見つるかな

な逢ひそと医師(くすし)はいへりあはずしてかへしやらるる君ならなくに

床(とこ)にありて物思ひをれば小簾(をす)の中(うち)にまたも散りきぬ花の一ひら

よむままに病もわれはわすれけり歌やこの身のいのちなるらむ

君も病みわれもまた病めりあはれあはれなすべき事もおほきこの世に

病みふして明日だに知らぬ身にもなほ世のゆくすゑは思はるるかな

ともすれば膝になみだはこぼれけりいかに弱りしこころなるらむ

このままに永くねぶらば墓の上にかならず植ゑよ萩の一むら

世をまかる歌おもふまでなりにけりおのが命もかぎりなるらむ

吾妹子の肩によりながら庭に出でてちりゆく花を今日見つるかな

ねざめしてわれ見てあれば枕辺にきえむとすなりともし火のかげ

*

阿伽の水汲まむとすれば谷川に白くうつれりしら藤の花

うちぬれし袂もいまだかわかぬにふたたびわくる野べの白露

（兄を失ひし人の、また、姉にわかれければ）

残しおく子らをしのびていくそたびかへり見すらむ死出の山道
（同）

むらさきの雲にも似たる藤の花仏こひしくなりにけるかな

明日しらぬ身をばわすれて大かたに人は聴くらむ入相の鐘
（暮鐘）

なき人の魂のゆくへかふる塚の卒都婆のかげに蛍飛ぶなり

植ゑましし父はまさねどこの夏もさきいでにけり撫子の花

君ならで千とせの友はなかるらむたち舞ふ鶴のまたかへりきぬ
（人の賀に）

花よりも君がむかしやしのぶらむ夏もきこゆるうぐひすのこゑ
（寄残鶯懐旧）

旗すすきなびく野末にいまもなほ啼きてあらそふ虫のこゑごゑ
松虫のこゑをたづねてこのゆふべ野守が家にわれは来にけり
（古戦場虫）

時わかぬものとおもひし庭松にはやくもひびく秋のはつ風
（早秋風）

誰もかくわがごとものをおもふかと問ひても見ばや秋の夕ぐれ
（秋夕）

御苑（みその）なる青葉がくれのさくら花君もまさぬに風にかをれり
（有栖川宮の御追悼に、残花薫風を題にて）

蛍おひて遠くもわれは来りけり子をおもふ闇にふみまよひつつ
聞きて見ていかに心を澄ますらむ庭の松かぜ軒の月かげ

音たつる風しあらずば憂きもののかずには入らじ庭の萩むら

蓑虫にわれあらねども秋風になき父をのみ恋ひわたるかな

小瓶（をがめ）をば机の上にのせたれどまだまだ長ししら藤の花

神路山千とせの杉の千とせまでてる月かげも君や見るらむ

（磯部画伯の還暦のいはひに）

君の如き筆をしもたばいはひにもかきおくらまし野べのわか松

（同）

朝ぎりの低くたなびく秋の野に梢を見せてちるもみぢかな

（野紅葉）

もみぢするかたに残れりゆく汽車のけぶりやおのが心なるらむ

（程が谷にて）

たぶれらを斬りつと見しや夢ならむまくら刀はそのままにあり
（夢）

枝ぶりのおもしろき松におもしろくかかりて咲けり白藤の花

ともすればうき世にかへるわが夢をやぶるもうれし峰の松風
（山家松風）

みくるまは時雨ならねどめぐりゆくその里ごとに袖ぬらすらむ
（北白川宮の御柩車をろがみて）

わか松も小松もしげる庭の面の老木の松やうれしかるらむ
（畠山健氏の父君の賀に）

月かげは見ゆべくもなし位山たかねのあたり雲ふかくして
（三条篤子の歌のかへしに）

萩寺の萩おもしろし露の身のおくつきどころこことさだめむ

磯松を今はなれたる荒鷲のゆくへに見ゆる蝦夷の遠山

春のものとおもはれぬまであまりにもさびししづけし白藤の花

をとめらが泳ぎしあとの遠浅(とほあさ)に浮環(うきわ)のごとき月うかびいでぬ

かたぶきて何をか共におもふらむ二もと立てる姫百合の花

君が袖にふれてうごきし白あやめ明日(あす)むらさきに咲きやかはらむ

磯山の小松を引きてよる波に手あらひをれば鶴(たづ)なきわたる

ただひとり式部の墓に手むけして紫野くれば雉子(きぎす)なくなり

山雀の籠かけなれし軒の下（した）に麻の新草（にひくさ）もえいでにけり

いざ子ども文車（ふぐるま）ひきこ今日もまたかの絵巻物とき聞かせてむ

城あとと聞きにし岡に古瓦ひろひてをれば雉子（きぎす）なくなり

順礼の子を呼びとめてものめぐむ人もありけり秋の夕ぐれ

簪（かざし）もてふかさはかりし少女子のたもとにつきぬ春のあわ雪

吾妹子と摘みし七草おほくしてあまたのこれり鶴にあたへむ

鯉にとて投げ入れし麸の力にもたちわかれたる浮草の花

病める身ははかなきものよ人よりも二十日おくれて衣がへせり

わが宿をとふ人たえてしをり戸のかけがね錆びぬ五月雨のころ

たをりきてわれ手むけぬとなき人の母にないひそ姫百合の花

霜やけの小さき手して蜜柑むくわが子しのばゆ風の寒きに
（安房にて）

長谷寺はこれより右としるしたる石をぬらしてゆくしぐれかな

あかつきの閨のしぐれのあはれさも恋せぬ人は知らずやあるらむ

庭鳥も雛をいだきて塒（とや）のうちに寒さをわぶるこのゆふべかな

霜よけをのけたる庭の萩の芽にぬるくもさはる春のはつ風

月ふけて窓にうつれる梅が枝の影よりほそくわが身痩せたり

病む人の戸口にかけし乳入(ちちいれ)を夜すがら鳴らす木がらしの風

雷(かみ)落ちて片枝(かたえ)枯れたる老松もなかなか村のけしきなりけり

（安房なる柏崎にて）

このゆふべちぎりし人を待ちわびて三たびめぐりぬ庭の萩原

遠くちかくひびく五山(ござん)の鐘の音も聴きわくるまで里なれにけり

（鎌倉にて）

牡蠣殻(かきがら)をのせたる蜑が屋根の上に鶺鴒なきて日は暮れむとす

おくところよろしきをえておきおけばみなおもしろし庭の庭石

めぐりあひし男星(をぼし)女星(めぼし)のむつごとも聞くべく秋の夜は更けにけり

やよや子ら東鑑(あづまかがみ)にのせてある道はこの道春のわか草

ぬれながら縁(えん)にのぼれる庭鳥に音なき春の雨を知るかな

かへれとはのたまはねども母君のをりをりものをおぼす時あり

(年久しく、朝鮮にある弟のもとに)

わづらへる鶴見にゆくと老僧(らうそう)の庭に出でたり夜の寒けきに

椿さく久能の御阪(みさか)の七まがりまがりてくれば雉子(きぎす)なくなり

をとめ子が繭入れおきし手箱よりうつくしき蝶の二ついできぬ

比叡の山七日こもりて下（お）りきたる身にまた吹くよ人の世の風

蚊の睫（まつげ）おつる音をもきくばかり座禅の御堂（みだう）夜は更けにけり

さわさわとわが釣りあげし小鱸（をすずき）の白きあぎとに秋の風ふく

わが歌をあはれとおもふ人ひとり見出でて後に死なむとぞ思ふ

田端にて根岸の友に逢ひにけり蛙なくなる春の夕ぐれ

ましろなる石よりなれるこの少女おのれきざまば衣（きぬ）きせましを

藪中（やぶなか）の一もと榎けふもまた鳩ぞ啼くなるきのふの枝に

桜花しばしはちるなゆく水に痩せし二人の影うつし見む

（桂月と、小金井にものして）

妹が家（や）の籠の鸚鵡もわれを見て名を呼ぶまでに馴れにけるかな

病みながら旅ゆく君が菅笠に吹かずもあれな秋の夕風

しばしとて腰かけたるもえにしなり歌しるしおかむ野の一つ石

波とほく月いでそめて砂の上に君とわれとの影はうつりぬ

碁をくづす音ばかりして旅やかたしづかに春の夜は更けにけり

砂の上にわが恋人の名をかけば波のよせきてかげもとどめず

おもしろく雪はつもれり早川の瀬にあらはるるいはほの上に

片仮名のかたなりながら文かきて子はおこせたり年のはじめに

（安房にて）

露ふかき野路の石ぶみよみをれば虫なきいでぬ日はかたぶきぬ

道ばたの石のほとけの花立（はなたて）に野菊にほへり誰が手向けけむ

たちこめしかすみのおくに順礼の歌もきこゆる長谷の山道

海見ゆるこの掛茶屋にやすらひて歌おもひをれば千鳥なくなり

この松はわが曽祖父の植ゑたりとかたるその人また老いにけり

渡殿をかよふ更衣の衣の裾に雪とみだれてちるさくらかな

銃とりて山へ入りにし人もあり子をおもふ雉子こゑたてずあれ

道ばたの芭蕉の翁の石ぶみを半うづめてつもる雪かな

梅かをる宿なつかしみ訪ひくればあるじも妻も歌よむといふ

小式部の墓に詣でてかへりゆく人も見えけりおぼろ夜の月

里の子にたちまじりつつ寺の門に年わかき尼の羽つきてあり

小式部の墓のさくらに風たちて花の雪ふる那古の山阪

焼跡にかれがれ梅はさきにけり二たびたてよ茅ふける家

山寺の石のきざはしおりくれば椿こぼれぬ右にひだりに

明けなばと羽子板だきて母のもとに寝たるわが子よ罪なかりけり

わが宿は田端の里にほどちかし摘みにも来ませ鈴菜すずしろ

千鳥なく堤の風をさむしともわれは思はず思ふ子ゆゑに

滝壺に落ちて沈みてまた浮きて椿ながるる谷川の水

若菜摘む友禅あかき舞子らもをりをり見ゆる岡崎の里

松かさの落ちたる音におどろきて小鳥たつなり谷の下道

をさな子の柩おくりてゆく母の涙か露か小野のかや原

はしき子の手向草にと庭におりて萩の花折る秋の夕ぐれ

このゆふべわれただひとり過ぎにけりうづら啼くなる深草の里

藤壺に歌あはせありと小式部を召したまひけり春の夜の雨

大かたは掘りくづしたる貝塚の貝をぬらしてふる時雨かな

かきえざる手のつたなさはいはずして罪なき筆を又折りにけり

血に泣けどあはれと聞かむ人もなみ山へかへるか山ほととぎす

（僧某をおくりて）

わがこころ告ぐべき人もあらざれば歌にかくれてこの世おくらむ

病む母のまくらべちかくさもらひて今宵も聞きつあかつきの鐘

猿曳の背にねぶりゆく猿の子をおどろかしてもふる霰かな

昨日まで萩にすすきにおとづれしものとも見えず木がらしの風

町中の火の見やぐらに人ひとり火を見て立てり冬の夜の月

をさな子の仏の棚に雛おきて桃の花をば君手向くらむ

早川の瀬にさからひてとぶ鮎のひかりすずしき月のかげかな

枯れのこる浮葉の上に蓮の実の飛ぶ音さむし冬やきぬらむ

家刀自が明日のまうけにきる蕎麦の音もふけゆく更科の里

蛸壺に植ゑたる梅のさく見れば蜑が苫屋も春は来にけり

あたらしき藁屋も見えてところどころ麦の花さく那須の篠原

鵙の啼くこゑもきこえてかた岡のくぬぎのはやし日は斜なり

国分寺のあとと聞きにし菜畑（なばたけ）に古き瓦を見いでつるかな

蛍籠手にもちながら夜車（よぐるま）に乗る人おほし宇治の山里

床の間に焚ける香炉のけぶりをも残して夏の夜はあけむとす

あらひ髪風にふかせて釣殿に蓮見る人やすずしかるらむ

おもしろき山松あまた立てりけり今宵の月はここに眺めむ

犬蓼の花さかりなる里川に夕日ながれてあきつ飛ぶなり

馬屋（まや）のうちに馬のもの食ふその音もかすかにきこゆ夜や更けぬらむ

庭鳥のあさるおち葉のあひだより黄菊一もとあらはれにけり

観音をきざむ仏師(ぶつし)が小刀(こがたな)のひかりもさむきともし火の影

古寺の羅漢の軸のつぎめさへぬれてはなる五月雨のころ

かたかたの袖をかたみにぬらしけりせばきこの傘合傘にして

こころみに扇の上にのせて見む一ふさ手折れ夕がほの花

宮城野に君しかへらば秋ごとに歌もて萩のたよりきかせよ

里川のながれの見ゆる柴の戸に月まちをれば水鶏なくなり

酔ひしれしあるじをおきて馬ばかりわが家（や）へいそぐ小田の細道

名もしれぬ小さき星をたづねゆきて住まばやと思ふ夜半もありけり

沈みたる銭の数さへ見えにけり地蔵たたせる岩の真清水

よき種と聞きて買ひきて植ゑて見しわがおろかさよ朝顔の花

礼（ゐや）なしてゆきすぎし人を誰なりと思へど遂に思ひいでずなりぬ

春の日はまだまだ高したちよりて読みてもゆかむ壺の石ぶみ

おもしろく梅さく門を見かへればわが知る人の名札（なふだ）かかれり

桐ふた葉庭にちりきぬ秋風を知りそめたるはいづれなるらむ

草も木もおなじものとはおもふまじ春の春雨秋の秋雨

槙の戸をおしあけがたの庭の面にほのぼの見えてちる桜かな

日ごと日ごとゆきてながめしかの岡の一もと桜はやちりぬらむ

三足四足（みあしよあし）あとへもどりて松が枝の藤の花をばあふぎ見しかな

文机（ふづくゑ）のすずりの石に蓋（ふた）をしてはらはばはらへ床の花びら

雛棚の小瓶（こがめ）ににほふ姫桃の百（もも）とせいませ色あせずして

夕日かげななめにうけて里川の岸の合歓（ねぶ）の木ねぶりそめたり

奉納の手拭うごく朝かぜに杉の露ちるみたらしの水

二つ三つ摘み残されし綿の実の色さむげなり冬の山畑

木の芽つむ歌おもしろみ筆とりて日記（にき）にしるしぬ宇治の山里

うちなびく船のけぶりの末くれて神戸のみなと月いでにけり

歌の書（ふみ）ふた巻三巻座にちりてあるじは見えずまたたづね来む

ふるさとの煉瓦の築土（ついぢ）苔むして歌に入るべくなりにけるかな

大かたはあとのうまやに宿とりて夜みちをゆくはわれ一人のみ

富士の嶺(ね)に寝てこころみむわが夢は天にいなむか地に落つらむか

生死(いきしに)の堺(さかひ)はなれし君なれどなほ千代ませといのらるるかな

（僧愚庵に）

ただ一つひらきそめたる姫百合の花をめぐりて蝶二つ飛ぶ

わが宿の萩に露おく夕ぐれを訪へとおもひし人は訪ひきぬ

萩の花さきしあしたも萩の花ちりし夕も君をこそおもへ

なき人の手むけにせむと白百合の花を夢にも折りてけるかな

ふるさとの野寺の池は田となりてそのかたすみに蓮さきにけり

せきいれていく日もあらぬわが庭のやり水のあたり水鶏なくなり

かの人の目よりおちなばいつはりの涙もわれはうれしと思はむ

いつはりと知りつつまたも泣かれけりいかにめめしきこの身なるらむ

身の上を聞きても見ばや門に立ちて筆売る人のはづかしげなる

歌をよむ友とも知らではしためのことわりたるよ月もある夜に

月もはや西かた町をおりくればおく霜しろしから橋の上

狐とるとかけたる罠（わな）に霜おきてあけがた寒し小野の萱原

稲虫に田は枯らされてこの秋も落ちしままなり里の大橋

外国（とつくに）のたねのまじらぬ犬の子もたまたま見ゆるみ山べの里

わがやどの紅葉を見にと歌の友の二人かへれば三人とひきぬ

けがれたる人のこの世にめづらしと神もおぼさむわが祈る恋

緒のきれし琴をしらぶるここちして君うせし後は歌もいでこず

君が弾く小琴の糸にのるばかりきよきしらべの歌をしぞ思ふ

かの人と舟をつなぎてもろともに泣きしはここよ磯の松原

かの人の歌にのぼりし夕より恋しくなりぬあか星の影

原町にめしひ二人(ふたり)が杖とめて秋のゆふべをなに語るらむ

うたたねに風をひくなと羽織ぬぎてかけたまひしよはしき姉君

なき父ようれしとおぼせこの年も刀ばかりは売りのこしたり

わがやりし追羽子の羽(はね)うちそれてはづかしき人の袂に入りぬ

姪にとてよべ買ひきたる羽子板のそのうらしろし歌しるしやらむ

袴をば買ひきて今日ははかせ見むわが子よことし五つになりぬ

羽織もちて母の梅見の御供(みとも)せむまだ寒からし木下川(がは)の里

中川の橋守る爺(をぢ)が数へゐる銭の音さむし夜や更けぬらむ

ここかしこ温泉(いでゆ)おちくる谷川のけぶり斜に夜はあけにけり

わきいづる湯川の末もこほりけり夜風やさえし塩原の里

いかにともせむすべなしやわが恋ふる人はこの世の人とし思へど

竹三もと蘭ここのかぶいはほ四つその巌めぐり清水ながれぬ

今朝のみはしづかにねぶれ君のために米もとぐべし水も汲むべし

身ひとつは山に入りてもありぬべし君をいかにせむ親をいかにせむ

歌かきて仏の前にすてて来(こ)し蓮の花びら君見つらむか

このたびはいはむと思ひしそのことをいはでまた別れぬるかな

ともすれば恋の歌のみよみたりしその人つひに尼とはなりぬ

この石に君とわれとの名をかきて妹脊の川にうち沈めばや

行きくれて一夜(ひとよ)のやどをわれ乞へばみめよき女(をみな)榾火(ほたび)たきてあり

黒駒にしづ鞍おきてしべりやの雪のけしきも見まほしきかな

秋風のさむしとおもふこのゆふべ籠飼(こがひ)のうづら声たてつなり

入相の鐘のきこゆる山寺をたづねて見ばやただ一人して

たらちねの母にだになほもらしえぬうれしき夢をよべ見つるかな

秋風にふきやぶられし手枕の夢のゆくへは君ぞ知るらむ

をさな子が乳にはなれて父と共に寝たるこのこと日記(にき)にしるさむ

父と母といづれがよきと子に問へば父よといひて母をかへりみぬ

踏切のこなたの岡のもみぢ葉は煤（すす）にすすけて色にいでにけり

色にいでしこのもみぢ葉に歌かきてつれなき人におくりても見む

君とわれとただ二人して眺めたる今宵の月よいつかわすれむ

わが子をばいくさにやりて里の爺（をぢ）がむすめと二人（ふたり）早苗とるなり

わが巣にと雀のはこぶ鳥の羽をかろくもさそふ軒の春風

一坪に足らざるうらの菜畑（なばたけ）に黄なる蝶とび白き蝶とぶ

さきつづく菫たんぽぽなつかしみもと来（こ）し道をまたもどりけり

蘆辺（あしべ）ゆく鶴（たづ）のあゆみも春の日はいよいよおそくおもほゆるかな

おぼろ夜の月も更けぬとわが友のかへりしあとに笛落ちてあり

梅のえだ文箱（ふばこ）にそへてうぐひすの初音の里の妹におくらむ

さくら見に明日はつれてとちぎりおきて子は寝（い）ねたるを雨ふりいでぬ

うちうてば石にもこゑはあるものをいつまでつらきこころなるらむ

わが恋ふる歌てふものの人ならば癯せしこの身をあはれと思はむ

姫君の琴のしらべもかきたえて御庭の牡丹花（はな）しづかなり

月ふみて水鶏を聞きにいでませと根岸の友はふみおこせたり

ほととぎす啼くべき時になりにけりひと日は訪はせ駒込の里

たたりありと切り残されしこの村の一もと榎わか葉しにけり

おくつきの石を撫でつつひとりごといひてかへりぬ春の夕ぐれ

去年の夏うせし子のことおもひいでて籠の蛍をはなちけるかな

何事もたのむたのむといひながらわが手をとりて友はねぶれり

うつしゑのうすくなるまで年へてもかへりきまさずわが恋ふる君

岩清水たちより見ればその底にやせしわが影老いし松かげ

うかれ女を妻にすと聞きしこの家の門田はいまだ鋤きもかへさず

岩かげにつつじ折らむとおりたちて鶺鴒の巣を見いでつるかな

（二荒山にて）

一たびは滝となりても落ちつるをまたたちのぼる峰のしら雲

刈りこみし門の生垣（いけがき）またのびてこずゑそろはずなりにけるかな

釣殿にあかつきはやく立ちいでてひらくはちすの音ききしかな

庭守のはさみの音を聞きながらしばしすずみぬ松の下かげ

庭ぎよめはやはてにけり糸萩をむすびあげたるその縄をとけ

あたらしくたてし書院の窓のもとにわれまづ植ゑむ萩の一むら

うつしうゑし菊の若苗ねがはくは白き花のみさけよとぞおもふ

花瓶（はながめ）の水とりかへねわれにとて友はおくれり小百合なでしこ

色やあると紅梅の花におく露を紙におとして見るをとめかな

庭の面にちりにし花の塵のみはそのままにおけしばしながめむ

萩見にと訪はしし君が杖のあとはまだ残れるを庭のかよひ路

窓の外(ほか)に竹二もとを植ゑにけりこよひは月もまちてながめむ

秋風に柳ちりくるこのゆふべつくづく恋をやめむと思ひき

おなじ月をおなじ川瀬におなじ友とことしの秋も来て見つるかな

姫君のたもとにふれてうごきたるかの萩のえだたをりてゆかむ

病みふして床にある身は人よりもはやく知られぬ秋のはつ風

このめぐり幾尺(いくさか)あると四人(よたり)して抱(だ)きて人見ぬ神の古杉

山寺のおくのぬれ縁(えん)くちそめて羽蟻(はあり)むれたつ春の夕ぐれ

ここよりは車かへして虫の音を聞きつつゆかむ岡ごえの道

窓の外(ほか)に二もと三もと竹うゑてさびしき夜半の雨を聞くかな

から国のいくさ見にゆく君なればこの紐刀(ひもがたな)はなむけにせむ

唇のやるればやがて寒してふ歯をくひしばりわれなげくかな

秋風はいづれをさきにさそひけむ桐の葉おちぬ垣の内外(うちと)に

法の師に箒(ははき)をかりてみささぎの桜の落葉われぞはらはむ

（吉野にて）

あかつきの星のおちきて砕けなば君が歌の如きひびきあらむか

小屛風をさかさまにしてその中に寝たるわが子よおきむともせず
（子のうせにし折）

手向にと泣く泣く乳母がしぼりたる乳（ちち）のなかばは涙なるらむ
（同）

創（て）をおひて谷間にくるふいかり猪の牙のひびきにちるもみぢかな
（画賛）

庭の面をゆきかふ鶏（とり）のしだり尾にふれてはうごく花すみれかな

草鞋（わらづ）をばはきかへをれば菅笠の上に椿の花こぼれきぬ

梅が枝に文をむすびてもてきたる使の童（わらは）年はいくつか

ちる花のゆくへいづことたづぬればただ春の風ただ春の水

山里に乳母が家をばたづねきてうれしく聞きつ初ほととぎす

千代までもさきくいませと君をのみわれしのぶ山わすれずの山
（岩代なるさる人の賀に、寄山祝といふことを）

名は花子かばねは風間年見ればまだ十七よあはれこの墓
（天王寺にて）

この里のあざなとまでもなりにけりいく代へぬらむ二もとある杉
（大和にて）

鴨ふたつねぶれるままに流れけりぬるみそむらむ春の川水

恋のために身は痩せやせてわが背子がおくりし指輪ゆるくなりたり

旅行くと麻の小袋とり見れば去年のままなり筆墨硯

滝壺にわが投げ入れし歌の反古浮きて沈みてまた浮かずなりぬ

松原のつくるところに海見えて島ひとつあり舟ふたつあり

あしたづのそのこぼれ羽もまじりけりかきあつめたる松の古葉に

なさけなき人のこころをおもひいでてわれ拋てば筆にこゑあり

すずみする四条の橋にやすらひて知らぬ人ともかたりつるかな

蚊やり火に筆のさやをば焚きながら君とすずしき月を見しかな

みむすびの神のめぐみにもれずして撫子さけり蝦夷の砂原

滝へとてわれは来れど扇屋のその名もすずしたちよりて行かむ

師の君よよく訪はせりと起きいでて笑みし面影いつか忘れむ

さ夜中にひとり目ざめてつくづくと歌おもふ時はわれも神なり

細殿にひろひし扇ひらき見れば恋の歌かけり誰がおとしけむ

をとめ子は摘みて砕きて棄てにけり薔薇の花には罪もあらなくに

ぬぎすてて貝ひろひをる少女子が駒下駄ちかく汐みちてきぬ

船破（や）れてかへらずなりし子のために狂ひし母よ今日も磯にあり

舳にたちて網もつあまが腰蓑の露ふきはらふ磯の夕かぜ

今日もまた磯におりきてよる波をつくづくひとり眺めつるかな

宵にきて天つ少女の忘れたるかざしの玉か萩の上の露

あぶら絵に見たるが如きくれなゐの雲の中より夕日さすなり

ふるさとの野川は今もながれたりおもへばここよ鮒とりしところ

わがためにかきておくれよ秋の野に萩さくところ鶉なくところ

大前にならす小鈴の音ききてやしろの鼠ひるも出できぬ

よき歌のいよいよ多くなるままにいよいよ君の痩せてゆくかな

おく山に角おほき巖を見いでけりわが名わが歌きざみておかむ

歌かきし筆をあらへば雲なして墨は流れぬ庭のやり水

みささぎの松のしづくにたちぬれしこの旅衣たたみてゆかむ

いつはりの人ほど歌はたくみなりうちうなづくな姫百合の花

わが恋によく似たらずや萌えいでて山羊にふまれし野べの若草

賤の男が田をすきかへす鍬のさきにかすみて見ゆる小筑波の山

今日もまたうつくしき尼に逢ひにけり梅が香かをる岡崎の里

絵葉書にふたつかきたる折鶴のわが歌成れり誰におくらむ

母君のゆるしをうけておなじくはさらにおくれよしら玉椿

御供(みとも)してゆくはよけれど忘れても師の影ふむなおぼろ夜の月
（わが子の、師と共に、杉田へ行くに）

この三とせやまとの国をさびしともわれは思ひきおもふ君ゆゑ
（池辺義象君の帰朝せしに）

かへりには高輪すぎて良雄等の墓も訪ひこよ今朝の白雪
（雪のあした、学弟どもの、目黒へ行くに）

夜車(よぐるま)に乗りあひし人は皆いねて大磯(おほいそ)小磯(こいそ)ひとり歌をおもふ

御手づから女神の賜ふ白薔薇をうけむとすればわが夢さめぬ

渡りつと母の文には書かずおかむあやふかりしよ谷の藤橋

母のあるわが身わすれて危くも籠のわたりをわたりけるかな

母が縫ひし守袋(まもりぶくろ)を身につけて子は出でゆきぬ遠き旅路に

根わけして萩ひとかぶをもてきたる友とかたりぬ雨の夕ぐれ

もろともに引きし小松をとりかへてゐみてわかれぬ千代の古道(ふるみち)

わらび折るとわが子二人をつれゆけば焼野の末に雉子なくなり

ところどころ文字ものこれり誰が墓のしるしの石ぞ小田の石橋

（安房なる国分寺村にて）

むら雀むれゐる小田の鳴子縄たれもゆききに引けよとぞおもふ

（安房農会のために）

雨にぬれて石部の里にやどりしは三とせのあとよあはれ菅笠

すててある草鞋（わらづ）の上に霜見えて並木のあたり月かたぶきぬ

家にある身は寒からずいざぬぎてこの綿入（わたいれ）を君におくらむ

（さる貧生の、旅だたむとする朝、衣をぬぎて、餞とす）

うちむれてすみれ摘みにと行く子らが被布（ひふ）のふさ吹く野べの春風

酔（ゑ）ひしれて足は十文字（ともじ）の舟子等がまいはひの裾に春の風ふく

（安房にて）

売家の札をかかげし門のうちにさきたる梅よ誰を待つらむ

ちらちらとさくら花ちるおぼろ夜に女扇をわれひろひたり

つながれてねぶらむとする牛の顔にをりをりさはる青柳の糸

さくらさく上野の山の道かへて今日は谷中の墓めぐりせむ

父はうせて子の代となりし春よりは小さくさけり牡丹(ぼうたん)の花

血をはきてうせにし友のおくつきにあかき躑躅の花さきにけり

道のべに色よくさけるすみれ草明日(あす)は誰が子の手にか触るらむ

遠からず花の使もありぬべし去年の瓢のちりやはらはむ

色もなき花もにほひて何となく旅おもほゆるきのふ今日かな

去年の春となりの翁（をぢ）にわれ聞きて椄（つ）ぎし姫桃花さきにけり

江ノ島にひろひし貝をみやこなる子へおくらむか小包にして

膝の上にこよひも吾児（あこ）はねぶりたり貧しき親を親とたのみて

去年の春妹と綰（わが）ねしわかれ路の一もと柳もえいでにけり

手にもてる枝をば棄ててさらにまた椿折りたりこころ多き君

ともすれば君が歌のみうたひをるこの身を人のあやしと思はむ

とてもとても成らぬ恋とは知れれども今ひとたびは文やりて見む

御墓へとゆきかふ道の一すぢはのこしてしげれ野べの夏草

いづこまでおくるもおなじ君よはやかへりてゆきね家遠くなりぬ

亀の背に歌かきつけてなき乳母のはなちし池よ深沢の池

梅たをるかの尼君は年わかしききても見ばや恋ものがたり

道とへば蝶舞ふかたと教へけりあはれあの子よ歌ごころあり

佐保姫のかすみの衣（きぬ）につつまれてまだねぶりをり妹山脊山

年老いしひとりの母のあらざればわれもゆかまし君がゆくところ

（難波常雄の支那へゆくに）

淡路より須磨明石をばながめたる歌はまだなし行きてよめ君

（内田林太郎の淡路の中学校へゆくに）

わが宿に御墓はちかしをりをりの花だにたえず捧げまつらむ

（父君のおもひに籠れる藤井静子へ）

すてて来し石をふたたびおもひいでて一里もどりぬこゆるぎの里

子等はみな貝をひろふといでゆきて磯のはたごや昼しづかなり

いづかたにはやく聞くらむほととぎす日ぐらしの里駒込の里

わが思(おもひ)それよりそれへうつりゆきてまだ寝られぬに夜はあけにけり

今いくとせ住めよと神のおぼすらむねたみそねみの多きこの世に

梅の花三枝たをりて三枝めにえたるこの枝君におくらむ

父君の御猟(みかり)の供(とも)のかへるさに雨にあひしところかのひとつ松
（国分寺より小金井に向ふ道にて）

あか星もかげやどすべくわが庭に細きながれをせき入れて見む

かの人と加茂の川原に月見してひろひし石よわが硯石

橋の上の乞食(かたゐ)にものをあたへたる女うつくしおぼろ夜の月

羽衣のうたひうたひて月の夜に行く人もあり三保の松原

馬よけて道のかたへにたちゐたる少女はもてり梅のひと枝

わが歌を雲雀につけてはなたばや恋しき君は今雲の上

さびしさに椿ひろひて投げやれば波輪(なみわ)をなせり庭の池水

小簾(す)のうちに一ひらちりし花びらをとりて眺めてさて庭にすてぬ

朱硯に窓のわか葉の露うけてよべかきし文なほしても見む

ほととぎす聞きに来ませと山里の友はおくりぬうつ木ひと枝

おのづから鋏もつ手のふるひきて剪られずなりぬ白百合の花

縁にいでてちぎりし人を待ちをれば見なれし如き鳩の舞ひきぬ

われたまたま朝とく起きて見つるかな卯の花垣に月落つるころ

夕ぐれを何とはなしに野にいでて何とはなしに家にかへりぬ

手の書（ふみ）を地（つち）におとしてわかき子のねぶりてをるよ釣床の上

床の間の妹が小琴もおのづから声たてつべき歌よみなばや

わが歌のつひのしらべやいかならむ問へどこたへず峰の松風

船人も船よりいでて若水をけさは汲みけり室（むろ）のとまりに

萩の枝にむすびて来つるわが歌は露にやぬれし君が見ぬまに

芭蕉葉にから歌かきて筆おけばゆふべすずしく風ふきいでぬ

夢に見し女神のあとをしたひきて今朝（けさ）われ見たり白百合の花

長良川雪のついでに冬ごもる鵜飼が宿もおとづれて見む

（長良川にて）

うせし鵜の手むけの歌を乞ひきたる鵜飼の翁（をぢ）よ数珠もちてあり

（同）

名も知らぬ茸（たけ）をば食ひてねたる夜の夢やすからず木曽の山里

いつまでも子供と乳母はおもふらし今年（とし）の秋も栗とどけきぬ

きのふ夜（よる）狼人を食ひたりと賤はかたれり木曽の山みち

よる波をこはしといひしをさな子も貝ひろふまで浦なれにけり

（小田原にて）

たらちねの杖にと思ふ竹の上に多くは雪のつもらざらなむ

（明治三十四年新年御題、雪中竹といふことを）

明治三十五年の秋ばかり、高田病院にて、病を養ひけるほど、人人におくれる歌どもの中より、

わが歌の見すべきものはあらねども松風きよし笛もちて訪へ

（岡田氏のもとへ）

このゆふべ友のおくれる絵はがきの萩見てをれば雁啼きてゆく

（石森氏のもとへ）

とはいへどかくて死なるる身にもあらずはやうちやめね入相の鐘
（雲烟師のもとへ）

わが植ゑてわが土かひてならせたる茄子ちぎらむ訪はせわが君
（永島氏のもとへ）

なき友の柩まもりてきりぎりす聞きにし秋はまためぐりきぬ
（なき友池田氏の母君へ）

わが墓を訪ひこむ人はたれだれと寝られぬままに数へつるかな
（金子薫園のもとへ）

ともかくもこの秋まではながらへて今一たびは萩の花見む
（国分みさ子のもとへ）

ながらへて今年も秋にあへれどもそぞろに寒し萩の上の露
（また、みさ子のもとへ）

まだ咲かぬ小萩が枝をふきをりてうらみはなきか秋の夕風
（萩原いく子のうせぬと聞きて、その母君へ）

ふもと路に待ちてをおはせわれもまた越ゆべくなりぬ死出の山坂
（佐々木高美氏の百日祭の日、その霊前へ）

萩それよ萩はわが身のいのちなりもとの心をいかで忘れむ
（井上氏のもとへ）

病める身をわすれて君と月見むはこよひの外に今いくたびぞ
（江見氏のもとへ）

舟うけてをりをり君の訪ひまさば住みても見ましかのはなれ嶋
（藤井静子のもとへ）

昨日より今日は悲しく聞えけり明日またいかに入相の鐘
（久保猪之吉のもとへ）

罪といふ罪犯さじとおもふ身にもし罪あらば神ゆるしませ
（毛呂清春のもとへ）

＊

おなじ世にたまたま君と生れながらわかれてものを何おもふらむ

何となくわが鬢の手のふるひきてきざみかねたり人のおもかげ

一つだにすくひあげよと三つまでも水に流しぬしら菊の花

御手にふれし梅と思へばこぼれたる蕾ひとつも棄てがたきかな

君が家のはひりに残る乳母車今より誰をのせむとすらむ

（をさなき児うしなひたる某氏に）

釣やめてこのまま舟に寝てゆかむ夕かぜすずし岸の蘆原

舟よする夕川岸の葦の上にかすかに見ゆるをつくばの山

荷の下(した)に啼くこほろぎのこゑすなり夜やふけぬらし淀の川舟

姫君が恋しりそめてこもらする閨のすだれに秋の風ふく

夕月ははやくやどりぬ打水のなごりとめたる葉蘭(はらん)の露に

むらさきの袴つけたるをとめ子が一枝(ひとえ)をりゆく野べの白萩

波の上にただよふ人のなきがらをめぐりめぐりて鷗飛ぶなり

落したる人は誰が子か色あかき櫛こそ見ゆれわか草の上に

むかしわが椄(つ)ぎし海棠きて見れば片枝に木瓜(ぼけ)の花さきにけり

山寺の鐘のひびきにねざめして西へかたぶく月を見るかな

歌らしき歌をもきかでいたづらに枯れてもゆくか唐崎の松
（近江にて）

さらさらと清水ながるる巌かげに小鳥きて浴(あ)む日は午(うま)にして

落栗におどろかされて蟷螂(かまきり)のいかりしさまもおもしろきかな

今日一日(ひとひ)うき世わすれて君と共にながめたりけり峰の白雲

羽織にとわがおくりやる白き絹いかなる色に染めて著るらむ

ゆゑありて撞かずなりにし山寺の釣鐘さむし木がらしの風

泣きまどふ親のこころも知らぬ見れば子はもたざらむ禍津日（まがつび）の神

君はいま裘（かはごろも）きて驢馬にのり盧山のあたり雪や見るらむ

うせし子に面影似たる雛もあり買ひてゆかまし妹に見すべく

舟よばふ渡（わたし）はいまだくらけれどあらはれそめぬ多摩の横山

をさな子に矢をひろはせて春の日を弓にくらせり花の下かげ

まよひ来（こ）し蛍とがむな罪をいはば罪はこなたよともし火のかげ

もろともに月は見たれどその名をば問はでやみにき磯の松原

吾妹子が挿しし小瓶（をがめ）の卯の花に水やりをればほととぎす啼く

君が名を軒の鸚鵡にをしへけりひとりさびしき五月雨のころ

家づとに買ひたる海苔もしめるまで雨ふりいでぬ大森の里

かの鐘の音のなくばとおもひけり紅梅町（こうばいちやう）のおぼろ夜の月

（駿河台なる高田病院に療養しけるほど）

みなしご我（われ）せめてここらに宿とりて眺めてゆかむ父島母島

八千草の花より外に恋知らぬ野守が庵にひと夜やどらむ

蜂の巣のからにも心おかれけり荒れたる寺の軒よ垂木（たるき）よ

朝風に裏白（うらじろ）の葉のうらを見て心のまよひすくなくなりぬ

うつしなば雲雀の影もうつるべし写真日和（しやしんびより）のうららけき空

こころみに石をひろひて投げて見むねぶるが如し春の川水

わか草に鏡をすてて胡蝶おふ狂女（きやうぢよ）髪ながし野べの春かぜ

さわさわとよせくる磯の秋の潮に足をひたして歌をこそおもへ

梅かをる門まで君をおくり出でてしばし眺めぬおぼろ夜の月

小（ち）さき墓に乳（ちち）をしぼりて手むけたる人影（ひとかげ）さむし冬の夜の月

さきそめしあやめをめせとぬれながら花売翁雨にとひきぬ

むらさきか白かはいまだわかねども一もとふえぬ庭の萩原

君が詩に似たりといはずいはねども野生（のたち）の桔梗（ききやう）おもむきはあり

ここに三とせ羊をおひてくらせりといふ人いまだものおもひあり

虫きくと秋の嵯峨野にいでしとき掘りておくりね小萩ひとかぶ

柳三もといたく年へて見ゆれども名はあらはれず里の板橋

目しひたる妹（いもうと）よびて今日もまた母のうつしゑ手にさぐらせぬ

歌に痩せしわがこの頬（ほほ）を玉つしま神のかがみにうつしてや見む

まだくらき鎮守の森の霧の中（うち）にきえのこりたるともし火の影

病める身の縁までいでて蜘蛛の巣にかかりし蝶を放ちてやりぬ

ありあけの月かげ淡（あは）きやせ村に家ところどころ庭鳥のこゑ

筆とりてわが入る紀路（きぢ）のをちかたに霞める山は何といふ山

人の世にのぞみたちたるよわき身のめづべき花か露草の花

湖（みづうみ）のかなたの寺の鐘の音の今日もきこえて今日もまた暮れぬ

ひきあぐる四手(よつで)の網に蝦(えび)はねて秋風さむし磯の夕ぐれ

手ににぎる小筆(こふで)の柄のつめたさもおぼゆるまでに秋たけにけり

めづらしき浮木(うきぎ)ひろひぬ御仏をきざみすゑばやこの浜寺に

歌かきてやりし菅笠かたぶけて雨に越ゆらむ小夜の中山

かへりゆくやもめがらすを見おくりて尼君たてり長谷の山道

萩さける堤にわれをのこしおきて水はひがしへ人は南へ

蹈切に旗をばふりて世をしのぶ人まだわかし妻恋の里

二日三日（ふつかみか）家にこもりてなき友の石ぶみかきぬ花のこのごろ

筆草（ふでぐさ）の根をばたばねて砂の上に歌かきて見つ磯の夕ぐれ

やりすてし歌のふる反古雨に朽ちて聞くべくなりぬこほろぎのこゑ

この宿は寝ながら富士も見えにけり死なばここにて死なむとぞ思ふ

秋風にふかれてたてるやせ馬に折り来（こ）し薊あたへてゆかむ

来む秋はたのまれぬ身ぞしばしだに影をば見せよ望の夜の月

秋風にふかれふかれて折れながら穂にいでし薄われによく似たり

磯づたひ行きてかへらむ江の島へ一里はちかしおぼろ夜の月

あたたかき母のなさけをおもひいでて寒き日さむき国へたつらむ

父君の絵筆をかりてあかく白く塗らしし独楽(こま)はそのままにあり
（梶田半古氏の愛子を失へるに）

消えかねてまだのこれれど小(ち)さき小(ち)さき沓のあとつかず庭のしら雪
（同）

やせはてし脛(はぎ)の血吸ひて飛びゆきし蚊の影さびし秋のはつ風
（病床にて）

潮浴(あ)むとおりたつ神の白き手にふれむそれまでは汝(な)が名なのりそ
（雑誌『なのりそ』のはじめに）

何となくつめたき石に手をふれて悟るといふもまよひなるらむ

かへるまで死ぬなといひしその人もたけき身ならず神まもりませ
（陸美氏の清国に行くを送りて）

病みつつも三年は待たむかへり来てわが死なむ時脈（みやく）とらせ君
（久保猪之吉の独逸へ行くわかれに）

をとめらの麦つき唄にねざめして夕顔棚の月を見しかな

おなじ世にたまたま君と生れきてともに歌よみともに萩見る

木枯よなれがゆくへのしづけさのおもかげゆめみいざこの夜ねむ
（病おもくなりて）

萩之家歌集　完

ここに、亡父直文の歌を、ひと巻に編みて、萩之家歌集と名づけつ。父は、世にありし間、興にふれて、詠みすつるを常とし、別に、みづから、選びおけるものもなかりき。されば、おほかた、そのかみの新聞雑誌に出でたるを蒐め、また、交友及び、門弟諸氏が所蔵の遺墨を写し、更に、萩之家漫筆に散見する、晩年の作を合せて、やうやうにこのひと巻を成せり。なほ、世にちりぼひて、これに漏れたる歌は、得るに随ひて、改版の際に加へむ。

歌の次第は、父が、二十歳の秋、伊勢より東京に上れる紀行、村雨日記の歌より起し、以下大略、年代を逐うて、編纂したり。或は、以て、作風の変遷を観るに便ならむ。

巻初に掲げたる父の肖像は、明治三十一年の写真なり。また、筆蹟の中、青戸氏に贈れるは、明治十三年の筆にして、当時、父の名は、盛光と称したりき。馬上杜鵑は、同二十四年の筆。舟うけて、及び、海上遠山は、共に、晩年の筆。草稿は、萩之家漫筆の一部を撮影せるものなり。

本集の編纂、及び、校正には、父の門弟諸氏の助力多く、また、装幀画は、画伯長原止水氏執筆せられたり。ここに、諸氏の高誼を謝す。

明治三十九年四月

落合直幸

萩之家著書目録

日本大文典　全一冊　明治書院発行
大鏡詳解　全一冊
訂正中等国語読本　全十一冊
中等国語読本　全十冊
中等国文読本　全十冊
国文学史教科書　全一冊
新編仮名遣　全一冊
高嶺の雪　全一冊
萩之家遺稿　全一冊
萩之家歌集　全一冊

日本文学全書　全二十四編　博文館発行
家庭教育歴史読本　全四冊
新撰日本外史　全一冊
新撰歌典　全一冊
国文評釈　全一冊
中等教育日本文典　全一冊
中等教育国文軌範　全一冊
日本大辞典ことばの泉　全一冊　大倉書店発行
国書辞典　全一冊
女子消息雁のゆきかひ　全二冊
女子雅文教範　全二冊

文庫版刊行に際し、初版本に使用されていた変体仮名、旧字、俗字等を改めた。

尚、一部に誤植と思われる表現（P80「むすぼぼれつつ」、P143「さて庭にすてぬ」等）があるが、初版に従った。

文庫版解説

新しい歌のアイディアの宝庫

吉川宏志

落合直文は、一八六一年（文久元年）、宮城県気仙沼市の海辺に建つ鮎貝家の屋敷（煙雲館）で生まれた。鮎貝家は、仙台藩の家臣の中でも高い格式をもつ家であった。しかし明治維新以後、鮎貝家は困窮し、次男だった直文は、十四歳（数え年）で落合直亮の養子になる。直亮は、国学者・神職として著名な人物である。

直文は十七歳で、父直亮の赴任していた伊勢神宮教院（現在の皇學館大学の前身）に入学。二十二歳で東京大学の古典講習科に入学する。二十四歳で兵役に服し、学業を中断するが、退役後は皇典講究所（現在の國學院大學の源流）等で教師をつとめ、国文学研究と教育の道を歩むことになった。

直文は「孝女白菊の歌」（西南戦争の頃、行方不明になった父を探す少女を描いた井上哲次郎の漢詩を、新体詩にリメイクしたもの）を発表し、大評判になる。また、森鷗外を中心とする新声社に参加し、訳詩集『於母影』に「笛の音」（鷗外との共訳）が収録された。当時の直文は、新体詩の詩人として有名だったのである。

一八九三年（明治二十六年）、直文は短歌史上初の結社である浅香社（あさかしゃ）（あさ香社）を創設する。社名は、駒込浅嘉町に直文の家があったことに因（よ）る。与謝野鉄幹、金子薫園（くんえん）、尾上柴舟（おのえさいしゅう）などが集まり、浅香社は若い歌人の育成に大きな役割を果たした。

家庭生活では波乱が多かった。二十二歳のとき婚約者であった松野（直亮の長女）が病死。その妹の竹路（たけじ）と結婚するが、彼女の病気のために離婚し、三十一歳で十六歳の操子（みさお）と再婚している。三十八歳のときには、五男の直弟（なおと）が二歳で亡くなった。

一八九八年頃から、糖尿病により健康がすぐれず、神奈川県や千葉県などの海岸部を転々として療養生活を送るようになる。

一九〇三年、母俊子の危篤の知らせに、宮城県に無理をして帰省したが、母はすでに亡く、このショックが病状を悪化させたようだ。この年の十二月、直文は四十三歳でこの世を去った。本書『萩之家歌集』は、没後三年にあたる一九〇六年に刊行された。直文は萩の花を好み、自宅の庭に植えていたという。

直文には、もう一つ有名な作品がある。唱歌「桜井の訣別」である。「青葉茂れる桜井の／里のわたりの夕まぐれ」から始まる詩で、楠木正成（くすのきまさしげ）が討死（うちじに）を覚悟して、子の正行（まさつら）に別れを告げ、湊川（みなとがわ）の戦に赴く姿を歌っている。一八九九年

に奥山朝恭による曲が付けられ、全国に普及した。戦時中には〈忠君愛国〉を鼓舞する歌として、小学生から軍人にまで歌われたという。

だが、戦争が終わった後、「桜井の訣別」は否定的に扱われ、直文も国粋主義者というイメージで見られがちになった。直文の代表歌としてよく引かれるのが、

緋縅（ひおどし）のよろひをつけて太刀はきて見ばやとぞおもふ山ざくら花

であり、これも好戦的な印象を与える。明治時代には有名であった直文が、戦後あまり評価されなくなったのは、ここに要因があるのではないか。

じつは私も、最近まで、そうした先入観で落合直文を見ていたのである。ところが『萩之家歌集』を読むうちに、そのイメージはしだいに変化していった。

砂の上にわが恋人の名をかけば波のよせきてかげもとどめず

恋のために身は痩せやせてわが背子（せこ）がおくりし指輪ゆるくなりたり

かたかたの袖をかたみにぬらしけりせばきこの傘合傘（あひがさ）にして

砂に恋人の名を書く行為は、サザンオールスターズの「真夏の果実」など、多くのポップ・ミュージックで歌われているが、百年以上前に短歌にしていることに驚かされる。二首目からは渡哲也のヒット曲「くちなしの花」が思い出される（指輪が回るほどやつれた、という歌い出しなのである）。三首目は、

相合傘でお互いに濡れてしまった、という発想。こんなシーンは恋愛ドラマでよく使われる。

波とほく月いでそめて砂の上に君とわれとの影はうつりぬ

これも、分かりやすく甘美な恋の歌だ。日本の歌謡曲の源流と言ってもいい感性を、直文は持っていたのではないか。「孝女白菊の歌」「桜井の訣別」もそうだが、多くの人を惹きつけるポピュラリティーが、直文の詩歌の根底にあった。

をとめらが泳ぎしあとの遠浅（とほあさ）に浮環（うきわ）のごとき月うかびいでぬ
ましろなる石よりなれるこの少女おのれきざまば衣（きぬ）きせましを
あぶら絵に見たるが如きくれなゐの雲の中より夕日さすなり
うつしなば雲雀の影もうつるべし写真日和（しやしんびより）のうららけき空

明治時代には、西洋文化が急激に流入してきた。直文は、短歌のやわらかな表現と融合させて、おもしろい歌を作っている。一首目は「浮環（うきわ）のごとき月」という比喩が鮮やかで、童画のような情景が目に浮かぶ。日本で海水浴が盛んになったのは明治中期で、海辺で療養していた直文はよく目にしていたのだろう。「**ぬぎすてて貝ひろひをる少女子が駒下駄ちかく汐みちてきぬ**」というかわいらしい歌もある。

二首目は、大理石にきざまれた裸体の少女を詠む。自分が彫刻家なら、服を着せてやるのに、と歌っている。明治時代には、ヌードの絵が官憲によって取り締まられる事件も起きているが、直文のまなざしはそれとは違っていて、裸体にさせられた少女を不憫（ふびん）に思う気持ちが強くあらわれている。

三、四首目は、西洋画や写真を知ることにより、風景の見え方が変わってくる現象が歌われている。風景に似せて絵が描かれるのではなく、風景が絵に似る、という逆転はしばしば起きるのである。「写真日和」という造語もとても印象的だ。

夕日かげななめにうけて里川の岸の合歓（ねぶ）の木ねぶりそめたり

前田透は『落合直文―近代短歌の黎明―』で、この歌には「斜光の手法」が使われており、「西洋印象派絵画の影響を直接に受けたと思われる」と述べている。そして、直文の親戚の青年画家・布施淡（あわし）から学んだ可能性を指摘し、絵画的な表現は金子薫園や尾上柴舟の歌にも影響を与えたという説を記している。

このように、直文の歌が、後の時代に先駆けていると感じることは多い。

このたびはいはむと思ひしそのことをいはでまたまた別れぬるかな

夕ぐれを何とはなしに野にいでて何とはなしに家にかへりぬ

たとえばこうした歌を読むと、石川啄木の『一握の砂』の「かの時に言ひそびれたる／大切の言葉は今も／胸にのこれど」や「何となく汽車に乗りたく思ひしのみ／汽車を下りしに／ゆくところなし」を想起してしまう。相手との微妙な距離感や、ぼんやりとした空虚な思い。それは啄木が深めていった新しい表現であるが、その萌芽となるものは、直文の歌にも存在するのである。

誰もかくわがごとものをおもふかと問ひても見ばや秋の夕ぐれ
礼（ゐや）なしてゆきすぎし人を誰なりと思へど遂に思ひいでずなりぬ

何げない心理をクローズアップした歌も、近現代短歌で重要性を増すが、直文はそれを先取りしていたように感じられる。また、近代短歌では、見ず知らずの他人を歌うことが多くなる（古典和歌では、赤の他人はほとんど歌われない）が、

わが子をばいくさにやりて里の爺（をぢ）がむすめと二人（ふたり）早苗とるなり
小（ち）さき墓に乳（ちち）をしぼりて手むけたる人影（ひとかげ）さむし冬の夜の月

ふと見かけた心に残る他者の姿を、直文はしばしば歌で描いている。国木田独歩の小説『忘れえぬ人々』（一八九八年）の影響もあったかもしれない。他者を通して、自分の外側に広がる社会に目を向けることが、近代短歌の大きなテーマになっていくが、直文の歌はその先蹤となるものだった。前述したよう

に、直文には軍国主義につながる面はあったが、「わが子をばいくさにやりて」の歌や、「弾丸（たま）にあたりたふれしは誰そふるさとの母の文をばふところにして」のような歌もあり、戦争によって庶民の家庭が犠牲になることも、決して見過ごしてはいなかった。

霜やけの小さき手して蜜柑むくわが子しのばゆ風の寒きに
をさな子が乳にはなれて父と共に寝たるこのこと日記（にき）にしるさむ
父と母といづれがよきと子に問へば父よといひて母をかへりみぬ

一首目は、かつて国語教科書にも載った有名な歌であるが、二首目もしみじみとした味わいがある。三首目は、本当は母と言いたい幼子の顔が目に浮かぶ暖かなユーモアのある歌だ。この時代の父親にしては、子に向けるまなざしは柔和で、素直であると言えよう。新しい家族詠が作られようとしていたのである。

『萩之家歌集』には新しい歌のアイディアがいくつも散らばっているが、四十代で死んだ直文は十分に進展させることができなかった。しかし、後の時代の歌人たちは、その方向性で大きな成果を生み出してゆく。近代短歌のオリジナリティーはどこにあったのかを知るためにも、直文の歌を再評価する必要

があると思う。

寝もやらでしはぶくおのがしはぶきにいくたび妻の目をさますらむ
病める身ははかなきものよ人よりも二十日おくれて衣がへせり
病む人の戸口にかけし乳入(ちちいれ)を夜すがら鳴らす木がらしの風
病みつつも三年は待たむかへり来てわが死なむ時脈(みやく)とらせ君

こうした病の歌、死を思う歌も胸に沁みる。内容が切実なだけではなく、「しはぶき（咳）」の繰り返し、「二十日」という具体的な数字など、表現にこまやかな工夫があるのだ。三首目の「乳入」は牛乳壜を入れる箱のこと。明治時代に牛乳配達は始まったが、その頃は病人の飲み物というイメージがあった。細かいものを描写することで、病むことの寂しさを感じさせる表現が巧みである。四首目は、弟子であった医師の久保猪之吉が、ドイツに留学する直前の作。三年後に帰国して、自分の死を看取ってほしい、と頼んでいる。しかし、直文の願いはかなわなかった。それを思うと、さらに哀切な歌である。

『萩之家歌集』には古風な歌も多く、退屈に感じられるかもしれない（その場合は本書90頁以降の病気になってからの歌を先に読むことをお勧めしたい）。しかし、じっくり読んでいると、非常におもしろい歌をいくつも見つけること

ができる。

鯉にとて投げ入れし麸の力にもたちわかれたる浮草の花

いつはりの人ほど歌はたくみなりうちうなづくな姫百合の花

たとえば、あまりにもトリビアルで妙な可笑しさのある歌や、短歌自体をテーマにした考えさせられる歌も作られている。今読んでもユニークな歌を、読者が自分の目で発見していくことが、『萩之家歌集』を楽しく読むコツなのではないか。

砂浜に恋人の名を書くイベントが、直文の故郷の気仙沼市で行われたという。百年以上昔の歌から、生き生きとした魅力を引き出す素晴らしい試みだと思う。過去の時間を、今に蘇らせるように作品を読むことが、とても大切なのである。

落合直文略年譜

一八六一（文久元）**年**　0歳
十二月十六日（旧暦十一月十五日）、陸奥国本吉郡北方松崎村片浜（現・宮城県気仙沼市字松崎片浜）の鮎貝家居館「煙雲館」に、父・太郎平盛房、母・俊の次男として生まれる。幼名は亀次郎、のち盛光。上に姉・はつ、兄・盛徳（初代気仙沼町長他を歴任）がいた。鮎貝家は仙台藩伊達家の重臣で、松崎村、気仙沼村はその所領であった。

一八六八（慶応四）**年**　7歳
弟・房之進とともに気仙沼の観音寺住職のもとで四書五経・漢詩文を学ぶ。

一八六九（明治二）**年**　8歳
戊辰の役により仙台藩は二十八万石に減封、鮎貝家は千石からわずか二十石に減じ、困窮を極めて帰農。三月、版籍奉還。

一八七一（明治四）**年**　10歳
仙台上屋敷に住み、私塾にて国史・国学・習字等を学ぶ。

一八七三（明治六）**年**　12歳
七月、仙台県（現・仙台市）国分町に開校した中教院にて寄宿舎生活を送り、国学・皇漢学を学ぶ。

一八七四（明治七）**年**　13歳
志波彦神社宮司等をつとめ、仙台中教院を主宰していた落合直亮に才幹を見込まれ、長女・松野の許婚として落合家の養子となる。

一八七七（明治十）**年**　16歳
養父・直亮が伊勢神宮禰宜に任ぜられたのに従い、神宮教院（皇學館大学の前身）に入学。国史・国文・神道教義・皇朝史略・祝詞式等を学ぶ。

一八七八（明治十一）**年**　17歳
七月、落合家の養子に正式に入籍。

一八八二（明治十五）**年**　21歳
七月、許婚の松野が旅先で病にかかり急逝。

九月、東京大学文学部附属として新設された古典講習科の第一期生として入学。

十一月、直亮の次女・竹路と結婚。

一八八四（明治十七）年 23歳

七月、徴兵令により東京府赤坂区の歩兵第一連隊に入営。以後三年間、看護卒として勤務し、古典講習科中退を余儀なくされる。

一八八五（明治十八）年 24歳

二月、竹路が男児を出産するも、二日後に死亡。

一八八六（明治十九）年 25歳

一月、この頃より名を「直文」と改め、「萩之家」と号する。

一八八七（明治二十）年 26歳

四月、歩兵第一連隊を満期除隊。

七月、長男・直幸生まれる。

一八八八（明治二十一）年 27歳

二月、井上哲次郎の漢詩「孝女白菊詩」を新体詩「孝女白菊の歌」に翻案し、『東洋学会雑誌』に四回にわたり連載発表。七五調の長篇叙事詩として評判を呼ぶ。

皇典講究所（國學院大學のルーツ）の教師に招かれるとともに、補充中学校（東京都立戸山高校の前身）でも教鞭をとり、国文学の教育者として歩み出す。

九月、欧州より帰国した森鷗外と会い、以後、親交を結ぶ。

十二月、妹・かつ病没、十八歳。

一八八九（明治二十二）年 28歳

五月、次男・直道生まれるが、妻の竹路が不治の病に冒される。

八月、森鷗外・井上通泰・三木竹二・小金井喜美子らと新声社を結成。訳詩集『於母影（おもかげ）』を発表、バイロン作「いねよかし」、シェッフェル作「笛の音」の二篇を訳す。

九月、第一高等中学校（のちの第一高等学校）、東京専門学校（早稲田大学の前身）の講師となる。

十月、森鷗外を中心に「しがらみ草紙」創刊。第一号に小説「悲哀」を発表。

一八九〇（明治二十三）年　29歳
五月、『日本文学全書』（小中村義象・萩野由之と共編、全二十四編、博文館）刊行開始。新進国文学者三羽烏と呼ばれる。
十一月、皇典講究所が「國學院」に改称、講師となる。

一八九一（明治二十四）年　30歳
四月、竹路と離婚。
六月、神職の菊川流雪の妹・操子（みさお）と再婚。

一八九二（明治二十五）年　31歳
跡見学校（現在の跡見学園女子大学）講師となり、女子教育に力を入れる。
第一高等中学校に「文学会」を組織し、尾上柴舟、大町桂月らが入会。五月、校友会雑誌に「緋縅のよろひをつけて太刀はきて見ばやとぞおもふ山ざくら花」の一首を発表して評判を得、「緋縅の直文」と称される。
六月、長女・文子生まれる（翌年二月に死亡）。

一八九三（明治二十六）年　32歳
二月、短歌史上初の結社「浅香社」を創立、主宰。鮎貝槐園（弟の房之進）、大町桂月、与謝野鉄幹、尾上柴舟、金子薫園らが集い、近代短歌の一源流となる。
九月、次女・澄子生まれる。

一八九四（明治二十七）年　33歳
四月　三男・直仲生まれる（一歳で死亡）。
七月、『日本大文典』第一編（全四編、博文館）刊行。
八月、日本が清国に宣戦布告。第一高等中学校教務のため召集免除となる。

一八九五（明治二十八）年　34歳
養父・直亮逝去。六十九歳。

一八九六（明治二十九）年　35歳
一月、落合家の遠縁にあたる三樹一平らの明治書院創業を援助（社名も直文が命名）。渡鮮していた鉄幹が直文の命により帰京し、明治書院の編集長に就任。
七月、与謝野寛『東西南北』（明治書院）に序文を寄せる。

一八九七（明治三十）**年**　36歳
五月、四男・直兄と五男・直弟の双子が生まれる（直弟は二歳で死亡）。
十二月、直文編『中等国文読本』全十巻（明治書院）刊行。

一八九八（明治三十一）**年**　37歳
二月、体調すぐれず吐血。糖尿病と判明。
四月、日暮里の花見寺（修性院）にて歌会を催し、服部躬治・尾上柴舟・山内素行らが会する。
四月、浅香社の女流歌文集『萩の下露』に序文を寄せる。
六月、約十三万語を収録する『日本大辞典ことばの泉』和装全五巻（大倉書店）刊行開始（十二月、洋装全一巻刊行）。
九月、第一高等学校退職。

一八九九（明治三十二）**年**　38歳
一月、小田原の海岸にて療養。
十二月、鉄幹が詩歌結社「東京新詩社」を創設。

一九〇〇（明治三十三）**年**　39歳
一月、館山の海岸にて療養。
四月、鉄幹の「明星」創刊を援助。創刊号に「鶴唳」十二首を発表。
七月、二松學舎（現在の二松學舎大学）国語科教師となる。
九月、吉野へ旅行する。

一九〇一（明治三十四）**年**　40歳
一月、金子薫園『片われ月』（新声社）に序文を寄せる。
一月から七月にかけて、正岡子規が新聞「日本」に「墨汁一滴」を連載、「明星」掲載の直文の短歌を六回にわたり批判。

一九〇二（明治三十五）**年**　41歳
東京外国語学校（現在の東京外国語大学）、明治法律学校（明治大学法学部の前身）、東京法学院（現在の中央大学）の講師をつとめる。
七月、茅ヶ崎の海岸にて療養。九月、糖尿病悪化のため帰京、神田駿河台の高田病院に入

院。病中詠「塵の枕」二十七首を「国文学」に発表。

一九〇三（明治三十六）**年**　42歳

二月、『国文学史教科書』（内海弘蔵と共著、明治書院）刊行。

三月、母危篤の報を受けて帰省したが、間に合わず、俊は逝去。六十六歳。

九月、自宅療養中に三河島「喜楽園」にて全快祝いの歌会を催す。

十二月、金子薫園が「萬朝報」の新派和歌の選者となり、「白菊会」を結成。

十二月十五日、夜から病状悪化。十六日午前八時二十分、永眠。

一九〇六（明治三十九）**年**

六月、『萩之家歌集』（落合直幸編、四六判三六二頁）が明治書院創立十周年を記念して刊行。函入り新書判『萩之家歌集』が同時発行された。

GENDAI
TANKASHA

歌集　萩之家歌集〈現代短歌社文庫〉

令和三年十月二十日　　初版発行

著　者　落合直文
発行人　真野　少
発行所　現代短歌社
〒六〇四―八二一二
京都市中京区六角町三五七―四
三本木書院内
電話　〇七五―二五六―八八七二

装　丁　田宮俊和
印　刷　創栄図書印刷

定価　一三二〇円（税込）
ISBN978-4-86534-374-8 C0192 ¥1200E